Q eND A

獅子吼れお

角川ホラー文庫
24252

目次

Q1　紙のサイズ、電流の単位、トランプの一の札に共通するアルファベットは何？

【問題。漢字では、大きい口のさ】

「タラ」

正解。

【問題。サイコロの目の数字をすべてた】

「七二〇」

正解。

【問題。日本三景とは、】

「天橋立（あまのはしだて）」

正解。

Qが三問連続で正解し、ラウンドが終了した。僕の隣の女が目を血走らせ、Qに摑（つか）みかかる。

「お、おかしい！　最後のなんてまだ三択じゃない！　『能力指摘』、お前が『アンサー』だ！　じゃなきゃあんな」

ブッブー。不正解の音。女の頭が水風船みたいに破裂した。肉片が口に入った気がして、吐き気を堪える。

「やあ、ごめんね。勝ち抜け確定なのに、つい押しちゃって。でも、負けてから能力を指摘するのは、いいプレイングだ！　どっちみちもう死ぬんだしね」

Qはへらへら笑いながら死体をどけ、血がついたままの手で僕の肩を叩いた。

「君、Aだっけ。いい押しだったよ！　判断力も知識量もある」

「はあ、どうも」

つられて、僕まで気の抜けた返事をしてしまう。

「それとも、答えを知ってた、とか？」

背筋が凍った。

Qの推理は正しい。『アンサー』は僕だ。僕はクイズの答えがわかる。

【ラウンド5。解答者は前へ】

アナウンスが響く。解答席に向かうミラと目が合った。無機質で真っ白な空間に、ピンクの髪が目立つ。

(能力バレてんじゃん！　指摘されて死んだらどうすんだよ。あたしにガチでクイズやれっての？)

ミラの『テレパス』で、テンパっているのが伝わってくる。

（落ち着いて。外したら死ぬんだし、まだ当ててこないよ）

（でも、万が一『能力指摘』されたら……ああもう、なんでこんなピンチになってんの！　答え知ってんだぞウチらは！）

ミラは頭をかきむしる。

僕だってそう思う。早く押さなきゃ答えられなくて死ぬし、早く押しすぎても能力がバレて死ぬ。本当に厄介だ。

（次の答えは、フッ素、だ。でも押さなくていい）

（なんで）

（問題を聞きたい。今は情報が欲しいんだ。Qの早押しは『異能力（いのうりょく）』か、技術か。まずはそれを解明しないと、僕らに勝ち目はない）

【問題。】

ミラがボタンに指を置き、僕は耳を澄ました。

◆

目が覚めたとき、僕は自分が全く知らない場所にいることに気づいた。

真っ白な空間だ。どこまでが床でどこからが壁かもわからない。そこに、二十数人の人がいる。同じように目を覚ましたらしい。

「あ、起きた」

よく知る声が頭上から聞こえて、僕は立ち上がった。

「ミラ……これって、一体……？　ここ、どこなんだ？　今いつなんだ？」

「なんもわからん。何人かと話したけど、みんなそうみたい。気がついたらここにいたって」

派手な髪色とネイルに、ストリート系のファッション。女子としては少し高い背に厚底のブーツまで履いているので、僕と同じぐらいの目線になっている。少しぶっきらぼうな口調も、いつものミラと同じだ。

ミラ……御巫ミラとは小学校からの幼馴染で、高校の今も同じクラスだ。だから、彼女がいるというだけで、このよくわからない状況でも、少し安心できた。

「気がついたら、って……」

僕は記憶をたどる。

「たしか……学校終わって、本屋に寄って、それで……そこから記憶がない。ミラも？」

「あたしも同じだ。家帰ってからバイトに向かうあたりで、記憶が飛んでる。ったく、わけわかんねえよな」

ミラはいつも通りの口調で、ピンク色のショートヘアを指でいじりながら答える。でも、髪を指でいじるのは、彼女が不安なときのクセだ。

きっと今も、僕が不安にならないように、自分の感情を表に出さないようにしているのだろう。外見の派手さに反して、他人の気持ちに敏感で面倒見が良い彼女のことが、僕は気に入っていた。

「……ありがとう、ミラ。少し落ち着いた」

「何もしてないけど。で、どうなんだよA。頭イイんだから、なんかわかったりしないの？」

ミラに言われて（Aは僕のあだ名だ）、改めて、多少平静さを取り戻した頭で周囲を見回す。たくさんの……ざっと見て二十人以上の人がいる。性別や年齢もばらばらだ。

「うーん……僕とミラがこんな状況になってるから、うちの高校の生徒を狙った誘拐事件？　かと思ったけど、そうじゃなさそうだしな」

そう口に出して、気がつく。ミラが一緒にいるのは心強い反面、何かあったら二人共無事ではいられないということだ。僕は、ミラを守りながら、この状況から抜け出さなければならない。自然と握りしめていた手に力が籠もる。

今は、もっと情報が必要だ。

「ミラ、誰か他に知ってる人はいた？」

「いたけど……」

僕が聞くと、ミラは蛍光色のパーカーの裾をつかみながら、言葉を濁した。その理由はすぐにわかった。

「あ、Ａさん！　Ａさんも巻き込まれてたんですね！」

フリフリの服を着た小柄な女の子が、ミラの後ろから顔を出した。たしかゴスロリとかいうヤツだったと思う。

「よかった、仲間がいて！　こういうのは仲間がいたほうが絶対有利だから！」

「えっと……」

相手は僕のことを知っているようだが、僕にはこういう趣味の友人はいない。声には少し聞き覚えがあったが……。

「……汀だよ。同じクラスの。いただろ、後ろの方で喋ってるオタク連中の」

「あ、ああ」

そう言われて初めて思い出した。汀マイカ。あまり目立つタイプではなく、僕とも、ましてやミラともあまり接点がなかった。

「そうです、汀マイカです！　マイカって呼んでください」

マイカは周囲の他の人間と違って、やけにテンションが高かった。

「よ、よろしく」

「はい！」

マイカが僕の手をとり、ぶんぶん振った。学校でのおとなしい様子とはずいぶん違う。

「……つーか、ずいぶん慣れなれしいのな。芦田のことAって呼んだり」

「え？　御巫さんも呼んでたじゃないですか」

「はぁ……ま、Aがいいならいいけど」

ミラは僕（芦田叡）のことをAと呼ぶ。まあ、違うのは発音ぐらいだから、誰がそう呼んでも、僕は気にしないのだけど。ともかく、ミラが紹介をためらった理由は、なんとなくわかった。

「で、マイカは、その……なんでそんなに楽しそうなの？　ここがどこか知ってるの？」

「いや、知らないですけど。でもテンションあがらないですか？　だってこれ絶対デ、い、いスゲームものの導入ですよ。見たことないですか？　漫画とかアニメとかで」

なるほど、好きな作品とシチュエーションが似てるから盛り上がっているのか。

「あまり詳しくなくて。デスってのは穏やかじゃないけど……」

「テンプレだと、きっとこのあと謎の主催者が出てきて、『君たちにはゲームに参加してもらう』的なやつですよ！　まあ、あくまでそういうテイの企画かなにかだと思いますけど」

早口だ。ミラがイラついていたのは、これにつきあわされていたからかもしれない。そんなことを考えていると、すぐ前でどよめきが起こった。

「あ、ほら！」

「うわ、マジかよ」

マイカが小刻みにはねながら指さした先。扉のようなもの（そんなのあったか？）が開き、中からなにかが現れた。

「なんだあいつ。ロボか？」

ミラがつぶやく。僕も目をこらす。それは確かに、人形（ひとがた）のロボットのようにも見えた。

プラスチックのような無機質な表面の胴体に、人間でいう頭の部分には光沢のある金属の球体がついていて、マネキンによく似ている。

しかし、それ以外の部分は人の形ではない。手のかわりに、社会科見学で見た工業用ロボットみたいな腕部が四本浮かんでいる。下半身もそうだ。腰から二本生えている、脚のように見えるものは、端に行くにつれ、人魚のひれのように一つにまとまっていて床についていない。パーツそれぞれの造形は、美術館にある彫刻や、洗練された工業製品のように整っているが、組み合わせに根本的な違和感がある構築物だった。

「うわー、なんかいかにもラスボスっぽい……ペルソナ3にああいうのいなかったっけ……」

マイカがよくわからない感想を漏らす。

「おい、お前なんなんだよ！」

大柄で筋肉質な、色黒の男が、オラクルと名乗ったモノに近づいていく。

「これお前がやったのか？　なあ、なんとか――」

今にも男がつかみかかろうとしたとき。マネキンの頭部分の表面に、銀色の唇のような形が浮かび上がり、開く。

「　　　　　　　　　　　　」

何重にも重なった機械音のような声。それが耳に入った瞬間。

「っづあ!!」

僕は頭を抱えて倒れる。ミラもマイカも、周りの人全員がそうしているのがかろうじて見える。しかし、何も考える余裕がない。

（なんだ、これっ……!!　なんで『分かる』んだ!?）

頭が爆発しそうになる。強制的に、音声の意味を分からされていく。脳が悲鳴を上げる。

【我々はオラクル。このメッセージは超高圧縮言語プロトコルにより、有機生命体の脳に直接情報を送信するものです。皆さん人類の脳には少し負担かもしれませんが、テストの効率化のため、ご協力ください】

言葉として理解できたのはそこまでだった。あとは、脳の中にナマの情報が、無理やり展開されていった。

オラクルの持つ『異能力』技術を人類が正しく使えるかのテストであること。

テストの内容は、『異能力早押しクイズ』であること。自身の知能と『異能力』を使って、早押しクイズで競う。

参加者はここにいる二十六人、それぞれ異なる『異能力』を与えられていること。

勝利条件は、クイズで勝ち続けること、及び『異能力』を他人に知られないこと。クイズに負けるか、他の参加者に自分の『異能力』を指摘される、または他の参加者の『異能力』を指摘して間違えた場合は、死ぬこと。

最後に残った参加者だけが、脱出できること。

このテストに関する情報を、僕は知っていることになった。

「はぁっ、はあっ……うそだろ、し、死ぬって……」

まだ収まらない痛みに頭を押さえながら、僕は思わずこぼす。それが嘘でないことなど、完全に理解しているというのに。

ミラとマイカのほうになんとか視線を向ける。

「え、Aさん、御巫さんがっ」

ミラは倒れたままで、マイカが彼女の肩をゆすっている。こういう時、何から確認するんだっけ。いつか受けた救命研修のことを思い出そうとするが、さっき送り込まれた情報に頭が占拠されて出てこない。

「あまり強く揺らさないで、頭を打っているかも」

落ち着いた声がした。一人の女性が、マイカの隣にしゃがみこみ、ミラの様子を見始める。半そでの白衣のような服装から、看護師らしいことがわかった。

「……うん、大丈夫……たぶん。頭とかは打ってないはずだ。こんな変なことをされたのは初めてだから、他にどんな影響があるかわからないけど」

女性はミラのことを見終わると、がくりとその場にへたり込む。

「あ、あなたこそ大丈夫ですか？」

「まだ頭が痛くて……心配をかけてすまない」

女性は大山(おおやま)ユウカと名乗った。やはり看護師で、自分も頭痛のする中、倒れたままのミラを見て駆けつけてくれたらしい。

「とにかく、ありがとうございました。大山さんも気を付けて」

「ああ……私はクイズとかさっぱりだから、どうなるかわからないけど。お互いがんばろう」

大山は力なく笑って、他の目を覚まさない人のところに向かっていく。彼女もまた、オラクルに与えられた情報を疑っていないようだ。

どんな理屈かはわからないが、オラクルの情報は疑うことができない。ウソをついていない、疑う必要がないと脳に刻み込まれ、僕はそれを知っている。

【予測より肉体に負荷がかかっている個体がいますね。仕方ありません。ロスの多い形式ですが、これより先は口頭で説明します】

しばらくしてから、オラクルは、こんどは普通の日本語でしゃべり始めた。唇以外は何もなかった頭に、目や鼻が浮かび上がって、人の顔を形作っている。流暢(りゅうちょう)な発音も、顔のパーツの動きも、どこか機械的な不自然さがある。

【テストのルールは、皆さんに送付した通りです。ここからは、『異能力』関係の情報をお伝えします。漏れなく取得してください】

オラクルの後ろの空間に、AからZまでのアルファベットが浮かび上がった。

【『異能力』にはAからZまでの頭文字が割り当てられています。それぞれの内容は、参加者が一人減るたびに一つ、クイズの解答に役立つ順に、Aから公開されていきます。参加者は、その情報をもとに、『能力指摘』の宣言を行い、他の参加者の『異能力』を指摘することができます】

「っつ……」

ミラが体を起こした。大山の見立て通りだ。

「ミラ！　よかった、頭は大丈夫？　話は聞こえてる？」

「大丈夫。話は頭から聞いてた。起き上がんのがダルかっただけ」

僕はミラに、大山が看てくれたことを伝える。ミラは礼を言おうと彼女を探し始めたが、僕はオラクルの説明のほうが気になった。

「ふむふむ。強い能力ほどクイズに有利だけど、他の参加者にバレやすいのね……自分が能力者になるなんて、すごすぎるわ。オラクルって何者なのかしら」

マイカが頷いている。オラクルは僕たちの常識を超えた力を持っているようだ。脳に直接情報を送ることも、こんなところに僕たちを集めることも、『異能力』なるものを与えることも……オラクルには何ができてもおかしくない。

【説明は以上です。テスト開始の前に、『異能力』最上位、Aの能力を開示します】

オラクルがそう言うと、アルファベットのホログラムが縦一列に並び、「A」の後ろに単語が追加される。

【『アンサー（Answer）』。クイズの答えがわかる能力です】

「は⁉」

会場のほぼ全員が、同時に声をあげた。

【それでは、五分後にテストを開始します。健闘を祈ります】

淡い光になって消えていくオラクル。異様な消滅の仕方だったが、僕を含め参加者たちはそれどころではなかった。

「おいおい、どういうことだよ、クイズの答えがわかるって⁉　そんなのチートじゃねえか！」

「クイズに勝てないと死んじゃうのに、絶対にクイズで負けない人がこの中にいるってこと⁉」

「……あなたさっき、ぜんぜん驚いてなかったよね？　まさか、あなたが……」

「言いがかりはやめろ！　俺は違う！　指摘のミスで死ぬのはお前だぞ⁉」

騒然としている。主催者の謎さ、デスゲームの理不尽さ。そうしたわけのわからないものより、「この中に倒すべき、ズルをしている相手がいる」という単純な情報が、参加者を突き動かす。

「やベーぞA……なんかもうバチバチじゃん」

「私も、怖いです……」

一気にヒートアップした会場に、ミラとマイカは少し怖気(おじけ)づいているようだ。僕も、この豹変(ひょうへん)ぶりはかなり怖いが、ミラの手前、なんとか表情に出さないようにした。

【ラウンド1を開始します。解答者は前へ】

オラクルの声でアナウンスがあるが、姿は見えない。

参加者の中から、三人が選ばれ、いつの間にか用意されていた解答席に向かっていく。筋肉質で大柄な男性、整った顔の女性、そして派手なサングラスをつけた男性。

三人とも、どこかで見たことがあるような気がした。

「どうもぉ！　デメキンTVのデメキンです!!」

だしぬけに、サングラスの男性がよくとおる声で叫ぶ。それで思い出したが、何度か見たことのある有名動画配信者だった。

「え、デメキン!?　本物!?」

　マイカや一部の参加者にとっては有名人だったようで、にわかに色めきだっている。注目を集めたデメキンは、そのまま続けた。

「デメキンね、このゲームの必勝法思いついちゃったんだよねえ！　みんなで生還できる方法！　マジ天才かもしれん！」

　配信者、デメキンは、彼の「必勝法」を早口で説明し始めた。その内容は、クイズの参加者が一切解答しないことで0問正解の同着とし、最下位を決めさせないことだった。

「ルールでは、『クイズに負けると死ぬ』って言ってたよね？　だったら、勝敗が決まらなければ誰も死なないってわけ！」

　デメキンは丸く張った愛嬌（あいきょう）のある顔で笑った。

「本気かよ……？」

　小柄な老人が首をひねる。

「うさんくさいですね」

　背の高い女性がつぶやく。

「でも、本当にそれができるんなら、みんな死なずにすむ！」

　色黒の青年が両手を挙げて喜んだ。

この状況に希望が見えたことで、参加者の張り詰めた空気が少し緩んだように感じる。

「マジか、すげーじゃんあいつ」

ミラは素直に感心していたが、僕は彼の作戦には半信半疑だった。

「……良くないですね」

「マイカもそう思う？」

「はい、だいたいデスゲームもので『必勝法がある』って最初に言うキャラはやられるんですよ」

「……マイペースだね、君は」

僕は半ば呆れたが、ある意味でマイカの言っていることは正しく、僕の心配と一致していた。つまり、「すぐ思いつくような必勝法が、対策されていないわけがない」ということだ。

「そ、そんなの信じられない！　わたしたちを騙そうとしてるんじゃないの？」

「そうだ。もし本当ならいいが、信用できない。本当にそのルールであってるのか？」

デメキンの対戦相手二人も反論する。他の参加者の中にも、同じ考えの者はいるようだ。デメキンは対戦相手たちと僕らを見渡すと、朗らかに笑いながら言った。

「大丈夫だよ！　デメキンは異能力『ギャランティ』で、『全員同じ点数なら勝敗なし』ってオラクルから保証してもらったから！」

「なっ……!?」

いきなり飛び出した『異能力』の自白。会場がどよめく。

「何それ、本当なの!?」

「嘘をついているんじゃないだろうな？」

対戦相手たちも驚いた様子で返す。デメキンは人懐っこい笑顔を崩さないまま続けた。

「もちろん、デメキンがウソついてると思ってもいいけど……でも、ウソかどうかはこのラウンドが終わればわかるよね？　そんなすぐわかる嘘つくと思う？　デメキンは、みんなでハッピーに生還したくて言ってるだけなんだよ！」

会場のざわつきが収まらないまま、【ラウンドを開始します】のアナウンスが流れた。

「……わかった、そこまで言うなら信じよう。そこまでされて疑うのは男じゃない」

「そうね、みんなで生き残りましょう。疑ってごめんなさい」

デメキンたちクイズの解答者は、席に用意されたボタンから手を離す。完全に押す気がないことを、お互いに確認したようだった。

「なんか、うまくいきそうじゃねーか。オラクルとかいうのがテストしたかったのは、案外あたしたちの協調性なのかもな」

「そ、そうですね」

ミラとマイカにも少し笑顔が戻る。僕は違和感の正体がつかめないまま、初めてのラウンドが開始された。


【問題。じゃんけんのように、三つの手がそれぞれ一方に強く一方に弱い状態をなんという？】


（三すくみ、だ）

このぐらいであれば知っている。解かせる気のない難問だったらどうしようとおもっていたが、この感じが続けば……。


【正解は、「三すくみ」】

解答席の三人は、まだボタンから手をはなしたまま。動き出すそぶりもない。


【問題。汚れ落としやベーキングパウダーに】

（重曹……？）

これもわかる。しかし、僕には馴染みのない言葉だった。家庭科かなにかで習ったのか？　思い出せない。

【使われる物質を漢字二文字でなんという？】

しばらくの沈黙。

【正解は、「重曹」】

またも誰も動かない。デメキンの提案通りに、クイズが出されては誰も答えない、という流れが続く。

「んー、けっこうムズいな」

「え、そうですか？」

「ナメてんのかお前」

ミラとマイカを含め、他の参加者たちも、動きのない壇上に興味を失い始めていた。会場を探索したり、なんとか外部と連絡をとる手段はないかと探したりする者もいた。

僕はそれでも、さっき覚えた違和感が気になり、クイズを心の中で解き続ける。

（今のところ全問正解だ。難易度はちょうどいいな）

そして十問目。

【最終問題です。問題。漫画『ＯＮＥ　ＰＩＥＣＥ』】

（ゴムゴムの実か）

なんとなく、そう思った。次の瞬間、その思考のおかしさに気がついた。

（待て、まだわからないはずだろ？）

【で、主人公ルフィが食】

問題は読まれ続ける。【食】まで聞けば、ルフィが食べたもの＝ゴムゴムの実だとわかる。問題の難易度は高くない。それはいい。なぜ、僕はその前にわかった？

背筋が冷えていくのを感じる。

まさか。

そう考えた瞬間。

ピコーン！

無機質な空間に響く、解答音。解答席のランプが灯った。押されるはずのない解答ボタンが押され、発生するはずのない解答権が発生したのだ。

「おいおいおいおいおい！　何押しちゃってるの!?　最初から裏切るつもりだったわけ!?」

デメキンが目を剝く。ボタンを押したのは、彼の隣の席の女だった。

「だ、だって、あんたが押すからじゃない！　先に裏切ったのはあんたでしょ！」

解答席の女は、がたがたと震えながらデメキンを指差す。

「ハァ⁉　何言ってるのお前⁉」

「あ、あんたが押さないって言うから乗ってやったのに！　それで三人で生き残ろうって、そういう約束だったのに！」

「待てって！　なんだよコイツが押すって⁉　まだ押してないだろ⁉」

もう一人の解答者の男が立ち上がって女に詰め寄り、会場は一気に騒然となる。

「おかしくなったのか？　あの女……」

ミラが思わず漏らした。デメキンがボタンを押していないことは、彼女のボタンが点灯していることからも明らかだ。錯乱しているのか？

それを見ながら、僕はラウンド開始時に覚えた違和感の正体に気がついた。

『そ、そんなの信じられない！　わたしたちを騙そうとしてるんじゃないの？』

『そうだ。もし本当ならいいが、信用できない。本当にそのルールであってるのか？』

デメキンに食って掛かってみせた二人の反応は、「デメキンが嘘をついているか・いないか」「デメキンの言ったルールの処理があっているか・いないか」のみ。少し考えれば思いつきそうな、「最後の問題を正解すればクイズの勝者になることができる」という必勝法の抜け穴は、意図的に触れられていなかった。おそらくデメキンが二人にそう指示を出していたのだろう。今女がしているように、自分が答えられる問題が出たら一人正解して勝者になってもいいし、仮に答えがわからなかったとしても、全員0点で勝敗がつかずに生還できる。必勝法を広めた立場を確保できれば、今後のゲームでも主導権を握ることができるだろう。これがおそらく、デメキンの「必勝法」の全容だ。

【解答をどうぞ】

「ゴムゴムの実」

安っぽい正解音が響く。

【ラウンド終了。勝者、京橋キョウコ】

「あんたが！　あんたが悪いんだからっ！　私は悪くない！」

錯乱した様子で解答席から走って逃げる女。目を見開いて涙を流した、凄絶な表情だ。

「てめえ、許さねえぞッ!!」

他の解答者の男がそれを追い、女を思い切り殴りつけた。女の胴まわりほどもありそうな太い腕がうなり、無機質な床に女を叩き伏せ、血が飛び散った。

「う、嘘……これで終わりってわけ……⁉　俺の、必勝法は、完璧だって……なんでいきなり裏切ったんだよあの女っ」

一方のデメキンは、解答席にうつむき、頭を抱えている。

「そ、そうだぁ！　これってドッキリでしょお⁉　ねえ‼　ミヤちゃん！　サトくん⁉　また編集チームのイタズラなんでしょ⁉　すげー凝ってるじゃん‼　もういいから！　ほらっあの人あんなにブン殴られてるし！　ヤバ、マジで死にそうじゃん（笑）。ねえ！　もうやめよ！　やめやめ！　終わり！」

デメキンはふらふらと解答席を降りて、どこかにカメラを探すような動きをしながら、歩いて行く。

【敗者、郡司タロウ、井手目ヨウジ。デスペナルティ】

「このアマっ！　このっ」

「ねー撮れ高あったっしょ！　終わ」

女にマウントを取って殴っていた男。そしてデメキン。二人の頭が、弾けた。聞いたことのない音がして、白い空間に赤黒い肉片が飛び散る。

会場は一瞬静まり返り、その後悲鳴に包まれた。

「な、何だよッ、これェ！」

「いやっ、なんで、どうして⁉　わ、私も、死っ……！　死んじゃうのッ⁉」

「お前が、お前がやったのか？」

「できるわけないだろ、人間に、こんなことが！」

二人の男の頭が爆発したのだ。誰が見ても明らかに死んだとわかる方法で、殺された。

悲鳴をあげる者、死体を見て嘔吐する者、気を失う者。僕はといえば、凍りついたように動けず、声を出すこともできずにいた。

「マジで死ぬのかよっ……こんなことで……！」

ミラはうずくまりながら、嗚咽している。デスゲームものに詳しかったマイカも、赤ん坊のように泣きわめいていた。無機質でどこまでも続くような空間は広すぎて、僕たち参加者の声を響かせることすらしない。

【参加者が二人敗退したため、『異能力』リストが一段階開示されます】

抑揚のないオラクルの声。同時に、空間に浮かんでいた『アンサー』の下に、文字列が表示される。何もできないでいた僕の視界に、その内容はいやでも入ってきた。

Answer　…クイズの答えがわかる。

BAN　…指定した参加者の能力を一定時間無効にする。
Counter　…他の参加者がボタンを押す行動を予知し、その前にボタンを押すことができる。

「か、『カウンター』……!?」

他の解答者より先に解答できる、強力な能力だ。そして、「他の参加者がボタンを押すのを予知」できるのであれば、説明のつく事柄が一つある。

「っひいっっ!!」

怯えきった声が聞こえた。死んだ参加者、郡司タロウに殴られ、顔を腫らした女。ラウンド1の勝者、京橋キョウコだ。

「ち、違うっ！　私じゃ、私じゃないっ!!」

後退りしながら叫ぶが、その行動自体が答え合わせになっていることは明白だ。他の参加者たちも気づき始める。

「さっき『あんたが押すから』とか言ってたよな？　それって、この『カウンター』の説明そのまんまじゃねえか？」

「デメキンが押すのを予知したから、押されないように自分で押したってことかよ！」

「どっちにしろ、こいつの能力もチート級だ！　しかも裏切り者だぞ⁉」

「う、裏切り者にこんな能力もたせてたらダメよ！　みんな殺されるッ！」

「そうだッ！　今のうちに殺しておかないとッ！　死ぬのは俺たちだッ、あ、あんなふうにっ！」

「死ねッ‼　お前は生きてちゃダメだッ！」

「殺せッ！　殺せッ‼」

恐慌はすぐに広がった。あっという間だった。

「い、いやあっ！　私は、私はただ！」

二十人近くの参加者が、キョウコを追い詰めていく。そして誰かが、指さして言った。

「『能力指摘』だ！　京橋キョウコ、お前が『カウンター』だッ‼」

ピンポーン！　と、また安っぽい正解音が鳴る。次の瞬間、キョウコの頭が弾け飛んだ。『異能力』を指摘されると、死ぬ。（指摘殺と呼ぶべきか）それもまた、参加者たちの前でしっかりと示された。

「ううぅっ……やだよぉ……なんでこんなことに……帰りたいよぉ……」

泣きながら僕の足にすがるマイカの背を撫でてやる。ミラはうずくまったままだ。

僕はつとめて冷静に振る舞った。本当はおかしくなりそうだったけど、そんな態度をとっていないと、バレるからだ。

（さっきのクイズ……明らかに、僕は答えられないはずの段階で答えられていた。『アンサー』は、僕だ。絶対にバレちゃいけない、絶対に！）

他の参加者たちの恐慌から背を向け、僕は友人を慰めるのに精一杯なふりをする。

「Cでこんだけチートなんだ、やっぱり『アンサー』は生かしておけねえ！」

「『アンサー』を探せ！」

「探し出して殺せ！」

日常では絶対に感じることのない量の殺意が、『アンサー』に向いている。頭がおかしくなりそうだった。

「A、あたし、ダメかもしれない……」

うずくまっていたミラがよろよろと立ち上がり、バランスを崩した。僕はなんとかそれを受け止め、ミラが僕に抱きつく形になる。

普段からぶっきらぼうで気が強く、芯の強い性格のミラでも、さすがにこたえたらしい。だぼっとしたパーカーの中の、細い体を腕の中に感じる。

「……『アンサー』ってさ」

血の気が引いた。

「A、あんただよな？」

ミラの表情は見えない。僕が『アンサー』だと気づいている。なぜ？　いつから？　どうやって!?

「ミ、ミラ、それは」

唇が震える。

(どう答えるのが正しいんだ？　まさかミラが、僕を殺すために、指摘を!?)

僕の曖昧な言葉に、ミラは答えない。心臓が壊れそうなほど脈打ち、気が遠くなりそうだ。

「っふううーーーっ……やっぱりそうか。よかったぁーーー……」

脱力。ミラが僕の体を離れ、大きく息をついてみせる。

「……どういうこと？」

勝手に安心しているミラに、僕はおそるおそる尋ねる。すると、ミラは、

「いいから、見てて。何があっても声出すんじゃねえぞ」

そう言って、目を閉じる。少しの違和感があった後、

(……聞こえるか？)

「うわっ!?」

僕は思わず飛び退く。頭の中で声が聞こえた。ミラの声だったが、彼女はずっと口を閉じている。

らしい）

（声出すなっつったろ。さっき気づいたんだ、あたしの『異能力』。こういう感じの

（心が読めるのか？　『テレパス』か）

（それも聞こえてるからな。よくわかんないけど、知らないやつとか、何人も相手に使おうとすると頭痛くなるんだ……あと、これでわかった。受信できるようになると、そいつに向けて発信もできる……ＬＩＮＥ交換したみたいな状態か？）

　これだけ人数のいる会場で僕の思考しか受信していないとなると、受信できるようになる条件はかなり厳しいのだろう。能力を知られてしまったのは痛いが、相手がミラで、今のところ僕を指摘殺してくる可能性が低いのはありがたかった。

「っぐ！」

　ミラがうめき、膝をつく。

「大丈夫？」

「……普段、あんな速度で考えてんの？　どうりで成績いいはずだよ。あたしの頭じゃ処理しきれないわ」

　ミラはテレパシーの接続を切ったようだ。なんとなく、感覚でそれがわかる。心が読め、無言での会話ができるが、できる相手は限られ、接続していることが相手に伝わる。強力だが制約の多い能力のようだ。思考を落ち着かせ、僕は再度『テレパス』

をつなぐ。

（とにかく、『アンサー』がAでよかった。協力してくれないか？）

（協力？）

（答えがわかるんなら、『テレパス』であたしに教えてくれよ。そうすれば、『アンサー』が二人いる感じになって、バレにくくなるんじゃないか？）

なるほど。ミラの考えは正しい。答えを知っている状態の人間が二人いれば、どちらが『アンサー』でどちらが『テレパス』なのか、あるいは他の能力で答えているのか、わからなくなる。お互いが指摘殺しない前提において、このチームはかなり強そうだ。

（……まあ、こんなクソみたいなゲームの最中だ。あたしも疑う、ってのもわかるけど……互いに『異能力』を知っちまったんだ。協力したほうがいいんじゃないか？）

そして、僕はこの要請を断ることができない。『テレパス』の回線をつなげられる以上、もしミラを指摘殺しようとしたら、そのことがミラにバレる可能性がある。まあ、断る理由もないのだが。

（わかった、協力しよう。一緒に生き残ろう。だから、とりあえず回線を切ってくれないか）

（なんで？）

（いいから）

ミラは頷き、『テレパス』の回線を切った。好きな女の子を殺すような展開にならなくてよかった、という思考を読まれるのは、流石に少し気恥ずかしい。

【ラウンド2を開始します。解答者は前へ】

ミラと話している間に、オラクルのアナウンスが入った。しかし、参加者たちは魔女狩りのような興奮に包まれ、反応しない。

【参加者は、芦田エィ。大山ユウカ。天上キュウ】

僕だ。呼ばれてしまった。

「え、Aさぁん」

ようやく泣き止んだマイカが、また泣き出しそうになりながら僕の袖をつかんだ。

「死なないでくださいね!? いやですからね、知ってる人が、し、死んじゃうの……ほ、ほんとは誰にも、し、死んでほしくないけど……っ！」

鼻水をたらしながらすがりついてくるマイカ。

「う、うん、がんばるよ」

「なんでそんなに冷静なんですかぁ……？」

なんとかマイカにどいてもらい、解答席へと向かう中、僕は気づく。対戦相手のうち一人は、少し前にミラを助けてくれた、看護師の大山だ。参加者の中から出てくる彼女と目が合う。

「や、やあ。当たっちゃったね」

大山は疲れ切った様子で、力なく笑った。

「さっきは、ミラをありがとうございました。自分も大変だったでしょうに」

「ああ、いいの。そういう性分だから」

「……………」

「……………」

僕らのどちらか、あるいはどちらもが、死ぬ。第一ラウンドでまざまざと見せつけられた事実。僕らは、会話するのに適切な言葉を持たなかった。重い沈黙が流れる。

「やっとクイズができる！　楽しみだなあ！」

出し抜けに、明るい声が聞こえた。振り返ると、長身にメガネの青年が、僕たちのほうに……解答席のほうに歩いてくる。

「お、君たちが対戦相手だね！　お互いがんばろう！」

にこにこしながら僕たちの肩を叩き、鼻歌交じりに解答席に座る青年。僕と大山は、あっけに取られて見送るしかなかった。

「あれ？　どうしたの？　ほら、早く座りなよ！」

待ちきれないといった様子の青年は、メガネの奥の切れ長な目を細める。

「楽しいクイズの時間だよ？」

◆

大山ユウカは看護師だ。職場で出会った夫と結婚し、双子に恵まれるが、夫はその直後に不慮の事故で命を失った。今、彼女は二歳になる子どもたちを一人で育てている。

看護師の仕事は、不安定と不規則の連続だ。理解のある実家・義実家と同僚たちの協力はありがたいが、二人の育児との両立は、厳しい。物理的に不可能なのでは、とすら思う。

それでも、ユウカが毎日を擦り切れることなく働けているのは、二人の子どもを守るためである。

――だから、こんなところで死ねない。私まで死んだら、あの子たちの親はいなくなる。それだけは絶対にダメだ。

ユウカは、わけのわからないテストに巻き込まれ、クイズの結果理不尽に人が死ぬのを見て——生まれて初めて、他人の生を踏みにじる覚悟を決めた。自分が生きて帰るため。子どもたちの待つ家に帰るため。

今、解答席に座ったユウカの隣には、利発そうな高校生ぐらいの少年と、こんな状況でも笑みを崩さない、不気味な長身の青年。彼らも誰かの子どもであることを思うと、胸が張り裂けそうになる。

だとしても、とユウカは決意しながら、ボタンに手を置く。

——私は帰るんだ。アキとリサのもとに。そのための『異能力』も、私は与えられたのだから。

◆

【ラウンド2を開始します。問題。】

オラクルの声でアナウンスが始まった瞬間。ユウカは『異能力』の使用を心のなかで宣言する。


【問題。】

僕の耳にオラクルのアナウンスが届く。

（僕が『アンサー』だということは絶対にバレちゃいけない。まずは、答えを知らなかったものとして行動する……わかるなら押すし、わからないなら押さない。ラウンド1の問題からして、そこまで難しいものは出ないはずだ。二、三問はそれで……）

『アンサー』が発動し、問題が読まれる前に答えがわかる。答えは「ビタミンK」。

僕はよく知らないが、ビタミンなら含まれている食べ物から聞かれるのだろうか？

【正常な血液凝固に必須であることから、】

違う。明らかに難易度が違う。

【特に新生】

ピコーン！　隣の席のボタンが点灯する。大山ユウカ。彼女が解答権を得た。

「ビタミンK」

正解音。少しほっとした顔の大山。

（なんだそれ!?　全然知らないぞ!?）

僕は思わずもう一人の解答者、天上キュウと呼ばれた青年を見る。

「へー、すごいね。あそこでわかるんだ」

反応はニュートラルだ。情報がない。僕が知らないだけで一般常識なのか？

【問題。】

熟考しているヒマはない。次の問題が読まれ始める。答えは「ウィーン」。確かどこかの国の……。

【オースト】

（そう、オーストリアの首都だ）

そう思ってボタンを押そうとして、留まる。本当に今、押していいのか？

【ラリアの首都はキャンベラですが、オーストリ】

（そういう問題か、危なかった！）

【リ】が読まれるか読まれないかのところまで、待って、僕はボタンを押した。まずい、早すぎたか？　でも、ここで答えてもおかしくないはずだ。

「ウィーン」

正解音。僕は胸を撫で下ろす。同じタイミングで押そうとしていたらしい、大山が悔しがっている。

クイズ番組で見たことがあるような引っ掛け問題だった。オーストラリアの首都ならキャンベラ（シドニーではない）と解答したいところだが、本当に聞いているのは名前の似ているオーストリアの首都という問題だろう。焦って【ですが】の前で押すと間違える……という問題だ。

（そもそも、最初に押そうとした段階ではまだ何を答えればいいかもわかってない！答えられるはずがないんだ！）

危なかった。何が「答えを知らなかったものとして行動する」だ！一歩間違えば、答えを知っている人間にしかできない解答をするところだった。

【問題。】

答えは「迷走神経反射」。何だこれは？　どこまで聞けば答えて良い？

【注射などの強い痛みをきっかけとして、血圧低下や徐脈、意識喪失】

鋭い音がして、大山のボタンが点灯する。

「迷走神経反射」

正解だ。僕はさすがに気づく。

（このラウンド、おかしなことが起こっている）

ラウンド1や、さっき僕が答えた問題は、一般常識レベルか、学校で習うことが答えになっていた。だが今は、大山が答えるときだけ、やたら専門的な問題が出ている。

しかも、たぶん内容は看護師である大山に有利なものだ。

（まさかこれが、あの人の『異能力』!?）

【問題。わずかな元手で大きな成果を得ることを、】

「海老で鯛を釣る」

【問題。東京に本拠地を置く日本のプロ野球チームは、東京ヤクルトスワローズと】

「読売ジャイアンツ」

僕は二回正解して、得点を3点にした。大山が2点。もう一人の解答者、天上が0点。全十問のラウンドも折り返しになる。

おそらく大山の『異能力』は自分の得意なジャンルの問題を出させるものだろう。バレないようにオンオフをかけているようだ。『アンサー』でその問題を正解することは可能だけど、あまりに専門的な問題を正解してしまうと今度はこっちが疑われる。今あるリードを守りきりたい。

僕がリードしたこの場面、大山が『異能力』を使うとすれば、そろそろだ。


【問題。】

答えは「ナイチンゲール」。

(来た、大山さんの専門分野！)

やはり『異能力』の推理は当たっていたようだ。そして、難易度までは制御できないようだ。ナイチンゲールは一般常識の範囲。問題の聞き方によっては、すぐに答えでも不自然じゃない！

大山はどこで押す？　僕はそれより早く押せるか？

問題文が、読まれ始める。

【小陸軍省】

知らない単語だ、と思った瞬間。

ピコーン！

ランプが点灯する音がした。僕は思わず大山のほうを向く。だが、彼女のランプは点いていない。

「えっと……小陸軍省、ランプの貴婦人、クリミアの天使といえば、いずれも誰に関する言葉？　ってとこかな」

飄々とした声が、反対側から聞こえる。

「答えは、フローレンス・ナイチンゲール」

答えたのは、天上キュウ。正解だ。

「うん、なんか今回は医学や看護に関する問題が多いね」

看護師の服を着ている大山を見ながら、キュウは言う。彼もジャンルを操る『異能力』に気がついているのだろうか。

「感じがつかめたから、ここからはガンガン押していこう。もう様子見はできないからね！」

そう言ってキュウは席から立ち上がり、据え付けられたボタンを、

「よいしょっと」

取り外した。そして、立ったままボタンに指をかけ、前傾した姿勢になる。ホルスターに手をかけるガンマンのような構えだ。

「ああ、気にしないで。いつものクセだから」

こちらにひらひら手を振るキュウ。そして、

「じゃ、こっからは本気でいこう」

彼の表情が変わった。目を閉じ、体をわずかに揺らす。ただならない雰囲気だ。

【問題。】

答えは「脚気（かっけ）」。また病気に関する問題だ。もう大山もなりふりかまっていられない。

【これを防ぐために、】

しかし、僕だってそれは同じだ。一問でも追いつかれれば同点になり、同着最下位となる可能性がある。

【日本海軍】

そうしたらラウンド1同様、二人とも死ぬのだ。それは絶対に……。

【ではカレーが】

ピコーン！

問題文への集中を、点灯音が引き裂く。大山が押している。だがキュウのほうがわずかに早かったようだ。点いたのはキュウのランプ。

「……脚気」

正解だ。速すぎる。迷いがない。

（どこにわかる要素があるんだ？　正解がわかってたって、この速さで押されたら解答できない！　なんでわかる⁉　『アンサー』でもないのに！）

「うわあああっ‼」

大山が声をあげ、解答席を叩いた。自分に有利なはずの問題を連取されたのだ。ムリもない。もしかしたら、使用に回数制限のある『異能力』だったのかもしれない。

「なっ、なんでっ、なんで」

「なんで分かるのか？　って？」

「好きだからね、クイズが」

キュウが顔をあげ、

当然のように答えた。

「あー、そういえば。あなたは看護師、キミは高校生。服でわかる。なのにボクが何者か、明かさないのはあまりよくないね。自己紹介しとこうか」

そして、ボタンにかけたままの指を、僕と大山に向ける。

「ボクはQ。職業は……クイズ王。さ、ラスト三問！　よろしくね」

そこから三問、天上キュウ……クイズ王Qが連取した。もうジャンルが偏ることはなかった。『異能力』に制限があったのか、大山の心が折れたのか。僕が知ることはできない。

【問題。漢字では、大きい口のさ】

「タラ」

正解。

【問題。サイコロの目の数字をすべてた】

「七二〇」

正解。

【問題。日本三景とは、】

「天橋立」

正解。

ラウンド終了のアナウンスよりも早く、大山が目を血走らせ、Qに掴みかかる。ミラを看てくれたときの、あの優しそうな目の面影はない。

「お、おかしい！　最後のなんてまだ三択じゃない！　『能力指摘』、お前が『アンサー』だ！　じゃなきゃあんな」

ブッブー。空虚な不正解の音。大山の頭が、水風船みたいに破裂した。肉片が口に入った気がして、吐き気を堪える。

最後、彼女の口が、誰かの名前を呼ぶように動いた気がした。その内容を確かめることは、もうできない。

「やあ、ごめんね。勝ち抜け確定なのに、つい押しちゃって。でも、負けてから能力を指摘するのは、いいプレイングだ！　どっちみちもう死ぬんだしね」

Qはへらへら笑いながら死体をどけ、血がついたままの手で僕の肩を叩いた。

「君、Aだっけ。いい押しだったよ！　判断力も知識量もある」

「……どうも」

怒り。安心。恐怖。ないまぜになって、僕の口からはぶっきらぼうな反応が出た。

Qは笑顔を崩さないまま、何気ない調子で続ける。

「それとも、答えを知ってた、とか？」

背筋が凍る。まさか、すでに僕が『アンサー』だと気づいているのか？　まだ僕は三問しか答えていない。それも、おかしな答え方はしていないはずだ。そのわずかな情報でも、クイズ王ならば見抜けるのか？

【ラウンド2、勝者は天上キュウ。敗者死亡のためデスペナルティはなし。続いてラウンド3。解答者は前へ】

オラクルのアナウンスが響く。解答席に向かうミラと目が合った。無機質で真っ白な空間に、ピンクの髪が目立つ。

(能力バレてんじゃん！　指摘されて死んだらどうすんだよ。あたしにガチでクイズやれっての？)

ミラの『テレパス』で、テンパっているのが伝わってくる。

(落ち着いて。外したら死ぬんだし、まだ当ててこないよ)

(でも、万が一『能力指摘』されたら……ああもう、Aこそよくそんな落ち着いて……いや、違うな。ごめん。さっきの大山って人と、Aは直に話してたんだもんな)

僕は振り返る。すでに大山の死体はない。ラウンド1のときも、その後京橋キョウコが死んだときもそうだった。テストの進行に必要ないものはきれいになくなって、解答席が用意される。かろうじて、赤茶色の血しぶきが残っているぐらいだ。僕は歯ぎしりをした。

（……今は、どうやったら生き残れるかを考えよう）

（そうだな。しかし、クイズの答えがわかるってのに、こんなに厳しい状況になるなんてな）

僕だってそう思う。早く押さなきゃ答えられなくて死ぬし、早く押しすぎても能力がバレて死ぬ。本当に厄介だ。

（次の答えは、フッ素、だ。でも押さなくていい）

（なんで）

（問題を聞きたい。今は情報が欲しいんだ。Qの早押しは『異能力』か、技術か。まずはそれを解明しないと、僕らに勝ち目はない）

【問題。】

ミラがボタンに指を置き、僕は耳を澄ました。

Q2 漫画家、桜井のりおの作品で、三つ子の『みつば』『ふたば』『ひとは』を主人公とするギャグ漫画は何？

【ラウンド8終了。休憩時間とします】

オラクルのアナウンスで、時間の経過を初めて意識した。

僕と、ミラとマイカは生き残った。だが、ラウンドごとに必ず一人以上の死者が出て、参加者の人数は十五人にまで減っていた。

「や、やっと一巡終わったな……」

「そうだね、なんとか……」

ミラと僕はため息をついた。『アンサー』と『テレパス』の組み合わせは、予想通りかなり強かったのだが――。

【問題。将棋や囲碁などで】

（答えは……待った）

（え、何？）

【相手が手を指してから】

（だから、「待った」だって！）

（待ってるじゃん！）

【自分の手のやり直しを要求することをなんという？】

（ミラ、押して！　答えは「待った」だ！）

（だから、押していいの⁉　ダメなの⁉）

【……正解は、「待った」】

（……「待った」が答えだったのか！）

（だからそう言ってたじゃん……）

――連携については万全とはいかず、予想より苦労させられた。

頭をつかいすぎてぐったりしているミラの横で、マイカはまだ涙が止まらないでいる。

「わっ、私っ、クイズなんてぜんぜんできないのにっ……あの人達、なんでっ……」

マイカが参加したラウンド4は特にひどかった。他の二人の参加者が互いに能力を指摘しあい、どちらも外して死んだのだ。マイカの眼の前で、二人の頭が破裂したのだから、かなりキツかっただろう。

他の参加者たちも、かなりまいっているようだった。

「まだ『アンサー』はみつかんねぇのかよっ!!」

太った男がいらだたしげに大声を上げる。

「リリ、わたし怖いよ……」

「ララ、だいじょうぶ。ふたりならきっと」

年端もいかない双子が、寄り添って慰めあっている。

「こんなのおかしい……人がどんどん死んで……なのにみんな、ゲームを攻略しようとしてて……おかしいよ……」

特に、座り込んでいる色黒の男（たしか、禅寺とアナウンスされていた）はかなり消耗しているようだった。彼は最初にオラクルに食って掛かったり、デメキンの必勝法を真に受けて喜んでいたりした人だった。

その中にあって、異様な雰囲気になっている一団があった。

「Qさん！　俺に早押しの秘訣おしえてくださいよ！」

「うーん、まだ早いかな！　クイズに慣れてからじゃないと。付け焼き刃じゃ勝てないよ？」

「ねえ、わたしにも教えて？　Qくんの言う事なら何でも聞くから！」

「ホント？　じゃあ能力教えてもらおうかなー」

「な、なあ俺の能力、どう使えばいいのかなあ⁉」

「うんうん、いっしょに考えよう！　きっとうまい使い道が見つかるよ！」

ここまでのラウンドで圧倒的なクイズ力を見せつけたQのもとに、数人の男女が集まり、彼を取り囲んでいた。Qはその中心で、にこにこと変わらない笑みを浮かべ続けている。Qはタレントとしても活動していたらしく、参加者にも知っている人が多かったようだ。早押しクイズの技能と、東大卒の頭脳。どちらも、他の参加者が頼りたがるのに十分な要素だ。

「あいつら、能力教えあってるっぽいけど、大丈夫なのか？」

ミラはQたちを睨んでいる。

「参加者同士は知らないけど、Qに教える分には安全だと思う。だって、クイズやってれば勝てるんだから、わざわざ指摘のリスクを負う必要がない」

「そりゃそうか……クソっ、上位互換じゃねえか」

僕は『アンサー』を使ってクイズに正解しているが、Qは能力なしでクイズに正解しつづけている。同じ結果が出るなら、バレる心配のないQのほうが、僕の上位互換といえる。最終的には、僕らはQを攻略しないといけないが、Qのほうは能力を見せる必要もないのだ。攻守ともに、隙がない。

「Qだって参加者だ、あの中のどれかの『異能力』は持っているはずなんだ」
僕はずいぶん開示の多くなった能力表を見上げた。

Answer …クイズの答えがわかる。
BAN …指定した参加者の能力を一定時間無効にする。
Counter …他の参加者がボタンを押す行動を予知し、その前にボタンを押すことができる。
Detective …クイズや能力に関する情報以外を、任意に聞き出すことができる。
Erase …クイズの問題文や選択肢の一部を非表示にできる。
Fifty-Fifty …クイズを二択扱いで解答できる。
Genre …問題の出題ジャンルを変更できる。
Horoscope …ラウンドに一回、参加者のうち一人の能力を知ることができる。
Immortal …指摘によって死なない。
Judge …能力の処理やクイズの詳細なルールについて、正確な情報を得ることができる。
Knight …ラウンド不参加時、参加者一人を選び、死亡しないようにできる。
Loop …死亡したとき、クイズをやり直すことができる。

「……こんだけ多いと、何がなにやらだな。あたしもマイカみてーに能力バトル漫画とか読んどくべきだったよ。スマホがありゃすぐに読めたんだろうけどな」

ミラが力なく笑った。見たことのない表情だ。

【ラウンド9を開始します。解答者は前へ】

休憩はそう長くはなかった。またクイズが始まる。参加者たちの間でうめき声が響いた。楽しそうにしているのはQだけだ。

【参加者は、芦田エイ、桔梗(ききょう)ユカリ、須藤(すどう)ヤスミ】

僕の番がまた回ってきた。僕はミラに頷(うなず)き、いちおう『テレパス』の回線をつなぐ。

「あーあ、もうウチの番っすか」

そう漏らすもじゃもじゃ頭の小柄な女性は桔梗ユカリだ。身長が低く、野暮ったいメガネをかけている。年齢不詳な感じだ。

「Qくん！　ねえわたしこのままだと死んじゃうっ‼　助けてよお！」

もう一人、須藤ヤスミは、どこかの企業の制服を着た女性で、いかにも会社勤めの女性という出(い)で立ちだった。おそらくQより年上なのだろうが、彼女は終始Qに泣きついていた。

【汀マイカ】

「ゔえ!?」

突然名前を呼ばれたマイカが、素っ頓狂な声をあげる。

今まで呼ばれることのなかった四人目の名前。参加者たちの間に動揺が広がる。

【このラウンドは二対二で行います。「芦田エィ・汀マイカ」ペア対、「桔梗ユカリ・須藤ヤスミ」ペア。合計得点が低いほうのチーム二人に、デスペナルティが科せられます】

「え、え、Aさぁん……私っ、ぜったい足ひっぱっちゃう……」

いつの間にか二対二仕様に向き合って配置された解答席。マイカの涙は止まっていたが、まだ涙声のままだった。

「まずは落ち着いて……マイカも、わかったら遠慮なく押して。それで間違えても、足を引っ張ったとは思わないから」

「で、でもぉ、私のせいでAさんまで、し、死ぬことになったら……」

「心配はわかる。だけど、僕だけがクイズをやった結果負けたら、僕は君を殺したことになる。だから、二人でやれるだけがんばろう」

僕の言葉がマイカに伝わったかはわからない。だが、クイズは容赦なく始まる。

「う、ううう〜〜っ」

【ラウンド9を開始します】

外野からQの声がした。

「須藤さん、がんばってねー！」

スポーツの応援でもしているような、呑気な呼びかけだ。須藤のほうは、彼の言葉に力強くうなずいていた。先程の時間で、なにか入れ知恵されたのだろうか？

「大丈夫、桔梗さんと協力すれば勝てるよ！　チームワーク、チームワーク！」

僕の視線に気がついたのか、もう一人の対戦相手、桔梗ユカリが、対面から僕に声をかけてきた。

「ね、Aくんだっけ」

「ウチも死ぬわけにはいかないんで。全力でやるけど、恨みっこナシっすよ」

「……はい」

彼女は妙に冷静な……あるいは、覚悟の決まった様子だった。

【問題。4ヒントクイズです。十秒ごとに一つずつ表示されていく画像から、連想さ

れる都道府県を答えてください】
僕らの間の空間に大きな画像が表示された。四分割され、一から四の数字が振られている。今はまだ数字以外何もないが、これが一つずつオープンされていくらしい。
答えは「北海道」だが、最初から時計台や雪まつりの画像が出てくるわけはないだろう。

【それでは、スタート】

「1」と書かれた部分の画像が変わり、何かの祭りのような、

ピコーン！


「北海道」

正解音。押したのは、相手チームの須藤だった。

「これはイオマンテっすね」

桔梗が得意げに補足する。

「え、ええっ!?　速すぎですよぉ！」

「すごいな、全然わからなかった……」

これは本当だ。僕は答えしかわかっていなかった。画像がなんなのかも全くわからず、押して良いかの判断もできなかった。

「あ、あはは……なんでみんな、そんなにクイズ得意なんですかぁ？」

マイカはもう泣き笑いだ。確かに、クイズが得意、たまたま知っていたという可能性もある。だが、これはただのクイズではない。

「……もう『異能力』を使っていると考えた方がいい」

「そっか！　じゃああれ！　あのビジネスウーマンがきっと『アンサー』なんですよ！」

騒ぎ立てるマイカを落ち着かせようと、僕はできるだけ優しく反論しようとする。

「えっと、それは……」

「あー、ないない！　ありえないから！　それは！」

Qの声だ。僕らに聞こえるように、Qは大声で喋（しゃべ）り続ける。

「須藤さんは『アンサー』じゃないよ。キミらはともかく、すぐとなりに他の参加者がいて……しかも自分が『アンサー』で勝ったらその人は生き残るんだよ？　『能力指摘』されるリスクが高すぎるでしょ！　ちょっと考えればわかるよね？」

Qはマイカを嘲笑（あざわら）い、そしてそのまま僕のことを指さした。

「Aくん、ボクはキミを買ってるんだ。さっきのラウンドでは楽しませてくれたからね……だから、こんなところで負けないでよ？」

　相変わらず楽しそうな表情だ。嫌な男に目をつけられてしまった。

「ま、漫画のライバルキャラみたいなこと言ってる……この展開、助けてくれるとか……」

「須藤さんにはボクから、クイズのコツを教えてあるし、能力の使い方も教えてあげたけど、キミなら勝てるよね？」

「うわぁ！　戦闘狂キャラのほうだ！」

　マイカに少しずついつもの調子が戻ってきたようだ。Qの言い方はムカつくが、それで少し安心した。

　クイズは画像の開示が終わってから次の問題となるようで、今ようやく四枚目の画像が見えた。札幌（さっぽろ）の時計台だ。

　僕はそのまま、横目で能力表を見る。あんな芸当ができるのは、『アンサー』ぐらいしかないように見える。そして、オラクルが『異能力』をクイズに役立つ順だと言っていた以上、まだ見えていない下位の能力を含めて、「クイズに正解する」という結果を直接導くものはないだろう。（『フィフティ・フィフティ』で当てずっぽうをやるぐらいいか？）

　すると、考えられる可能性は。

「未知の『異能力』の相互作用か……」

【問題。にんじんや大根を縦に半分に切ってから小口切りにするのは】

正解は「いちょう切り」だ。でも、記憶が正しければそれは、

【半月切りですが、よ】

僕はボタンを押した。ランプが点灯する。相手チームも同じぐらいのタイミングで押したようだ。僕は安心して答えを出す。

「いちょう切り」

正解。現在八問目で、これで5対3になった。リードはあるが、それでも油断はできない。桔梗と須藤のチームは、通常の問題でも相当な早押しをする。だから僕が『アンサー』で早押ししても即座に異常さがバレることはないのだが……なぜそこまで自信満々に押せるのか、その答え、つまり桔梗と須藤の『異能力』にはまだたどり着いていないのだ。それが不気味だ。僕は『アンサー』を使わされているのかもしれない。

「Aさん、知ってたんですか？」

マイカが聞いてきた。リードができたので、少し落ち着いているようだ。

「うん、家庭科かなにかでやったかな」

もとから知っていたので、嘘はついていない。

「うう、真面目に授業受けとけばよかった……でも、『ですが』ってズルくないですか？　あんなのなんでもアリじゃないですか」

マイカの言葉に、僕は一瞬「たしかに」と思った。【日本で一番高い山は富士山(ふじさん)ですが、六の十乗は？】という問題も、作ろうと思えば作れそうだ。でもそれでは、「ですが」の前に意味がない。

「ですが、の前と後は対応してなきゃいけない、っていうクイズの約束事なのかもしれない。いままでなんとなくやってきたけど、これはQの技術を解明する手がかりになるかも」

Qは須藤にクイズのコツを教えたと言っていた。彼女の押し方から、なにかわかるかもしれない。

【問題。ズームアウトクイズです。これは誰の作品？】

再び空間に画像が浮かび上がる。今度は黄色一色の画像だ。

【では、スタート】

さすがにこれでは相手チームもわからないのか、一問目のように即解答はできないようだが……。

答えは「ゴッホ」なのだが、どこで押すか。画面が引いていく。まだ黄色以外見えない。

ピコーン！

「うそっ⁉」

マイカが声をあげた。まだ画面には、黄色一色以外には、ごく一部、何かの線ぐらいしか映っていない。こんな状況でわかるのか？

「……ゴッホ」

須藤が答え、正解した。他の参加者の間にも、ざわめきが広がる。画像のズームアウトが進み、ゴッホの『ひまわり』の全景が映された。

これで、5対4だ。最終問題を取れば、僕たちの勝ちだ。相手の能力はわからないままだったが、このままいけば……。

【最終問題です。問題。テレビゲーム『ポケットモンスター』シリーズで、全国図鑑番号1番のポケモンは】

ピコーン！

解答席のライトが灯る。押したのは僕ではない。マイカだ。

「やった、最後に私も押せました！」

最後の問題も、両チームほとんど同時にボタンを押していたが、マイカのほうがわずかに早かった。詳しい分野だったからかもしれない。

【解答をどうぞ】

アナウンスに促され、マイカはうれしそうに答えた。

「図鑑番号1番は、フシギダネ！」

「なっ!?」

僕は思わず声をあげる。それは違う。

ブブーッ！　不正解の音だ。

「なんでぇ!?」

マイカの表情が一転する。

「図鑑番号1番はフシギダネでしょ！　誰だって知ってる！　なんで不正解なの!?」

【テレビゲーム『ポケットモンスター』シリーズで、全国図鑑番号1番のポケモンはフシギダネ、10番はキャタピー、100番はビリリダマですが、1000番のポケモ

ンは何？　正解は、「サーフゴー」】

『ですが』問題。今度のは、一対一ではなく、一、十、百、千で対応している。「お約束」通りだ。

「う、うそ、そんな……やっちゃった、私……」

マイカはがっくりと膝(ひざ)をつく。これで4対4。同点だ。相手チームも押していたし、押して正解された場合と同点なのは変わらない。そこまで落ち込むこともない……のだが、落ち込みようを見ると声をかけられる状態ではない。

一方の相手チーム、桔梗と須藤は一安心しているようだった。緊張が解け、顔に笑みが戻っている。

「ふー、間一髪でしたね。ミスに救われたっす」

「そうね、もし押せてたら私のほうが……」

須藤がこちらの視線に気が付いて、あわてて言葉を切った。なんだ？　今の反応は？

【全問終了、得点は芦田・汀チーム4点、桔梗・須藤チーム4点で引き分け。よって】

まあ、同点なら死者は出ない。人を殺さなくてよかったと思えば、

【これよりラウンド9延長戦に入ります。相手チームより二問多く正解した時点で、

そのチームの勝ちとなります】

同点ならば勝敗が決定せず、死者も出ない。ラウンド1でデメキンが持ち出した「必勝法」のせいで、僕はそう思い込んでいた。

しかし、それは根も葉もない嘘だったのだ。今ならばわかる。デメキンが自称した能力『ギャランティ（Guarantee）』の頭文字はG。すでにその枠は、おそらく大山の能力だった『ジャンル（Genre）』だと開示されている。

そこからはもう、互角のたたき合いだった。

【問題。六面サイコロを二つ振った時、ぞろ目になる確率は】

「六分の一」

僕が正解すれば、

【問題。『まだあげそめし】

「『初恋』」

須藤・桔梗チームも取り返す。

【問題。『キツネ』『ドレミソラシド】

「日向坂（ひなたざか）46」

【問題。併殺、重殺とも】

「ダブルプレー」

【問題。あかい・まるい・お】

「あまおう」

【問題。世界で一番長い川はナイル川ですが、日本】

「信濃川(しなのがわ)」

【問題。専用のしょうゆが発売されたことでも話題になった、TKG】

「卵かけご飯」

【問題。フィギュアスケートのジャンプのうち、唯一前】

「アクセル」

【問題。享保(きょうほう)の改革を】

「徳川吉宗(とくがわよしむね)」

【問題。水を電気分解すると発生するのは、す】

「酸素」

【問題。赤外線を感知するピット器官】

「蛇」

【問題。ラテン語で「商売】

「メルカリ」

【問題。ある物体を構成する要素がすべて置き換えられた】
「テセウスの船」

決着がつかない。いや、つけることができない。相手チームの相互作用(コンボ)に、Qから伝授されたらしいクイズの解き方が合わさって、僕の『アンサー』とほぼ同等になっているのだ。

そしてその状態は、延長戦においては『アンサー』より強い。僕は答えがわかっているからといって、絶対にわかりえないポイントで押すことはできない。通常のラウンドであれば、勝ち切ってしまえば問題に答えなくて良いが、延長戦では二問差がつくまで延々と答えさせられ、判断を迫られる。

問題数を重ね、こちらが『アンサー』だという証拠がそろえば、指摘殺は免れない。

「ぐっ……」

頭が痛い。喉(のど)がひりつく。死のリスクを抱えたまま、最大限の集中を保ちながらクイズを解き続け、脳が悲鳴をあげている。足がもつれ、倒れそうになる。

「Aさん！」

マイカが僕の肩を支えた。

「大丈夫じゃないですよ！　足がガクガクしてるし、鼻血だって……」

僕のシャツにいつの間にかドス黒い血がついていた。抱き止めてくれたマイカの服のフリルにも、べたりと血がついた。

「わ、私のせいで、こんな……きっと何か強い『異能力』の副作用で……」

そんな漫画みたいな副作用はないと思うが、『アンサー』がバレないようにするために考える量が二倍になっているのは、副作用と言えるのかもしれない。

「え、Aさん……なんで私のこと怒らないんですか？　私が勝手にまちがえたせいで、こんなことになってるのに……なんでそんなに頑張れるんですか⁉　Aさんは何も悪くないのに、怒ったって、殴ったって、ヤケになってなげだしたっていいのに！」

熱をもってふらつく頭の中で、そう言われれば、と僕は考える。僕はなんでこんな、わけのわからないゲームに、真剣になっているのだろう。

自分の命がかかっているから。好きな女の子と生還したいから。もちろんそれはある。だけど、一番は――。

「やれるから、やる。このまま解き続ければ、僕の命も、君の命も守れる。だからやる。そのための『異能力』もある」

そうだ。やれるからやる。諦めない。僕は諦めたくないんだ。

【問題。4ヒントクイズです。次のヒントから連想される鳥は何？】

相手チームの得意な形式のクイズが、ここにきて出される。現在、一問リードされているので、ここで正解されればおしまいだ。

僕は画像の出る場所を凝視する。何かヒントが出た瞬間に、押す。かなり能力がバレるリスクが高いが、もうやるしかない。そういう状況に追い込まれていた。

画像が、公開される。僕と須藤が同時に動いた。

ピコーン！

音は、対面から。僕は押し負けた。

終わりだ。結局あの二人の能力を暴くことはできなかった。あとは「ホトトギス」という答えが聞こえて……。

「カッコウ」

ブブーッ。不正解の音だ。

「なッ!?」「ええーっ!?」

桔梗と須藤は当然驚いている。改めて見れば、ヒントの画像で表示されているのは、「郭公」という漢字だ。なぜだ？　答えは「ホトトギス」なのに!?

その瞬間、僕の中で、いくつもの要素がつながった。能力表、相手チームの行動や、目に映るものに覚えていた違和感。

「……Aさん？」

急に口を押さえ、黙り込んだ僕をマイカが覗き込んできた。

「相手の二人の能力が、わかったかもしれない。でも、どっちがどっちか……」

どんな相互作用をしているのかがわかっても、指摘殺するには誰がどの『異能力』を持っているのか指摘する必要がある。僕とミラが組んでいる理由の裏返しだ。指摘殺には、まだ情報が足りない。

「あと、少しなのに……！」

思わず歯を食いしばる。そんな僕を見て、マイカは少しうつむいてから顔を上げ、

「どっちかの『異能力』がわかれば、勝てますか」

強い意志の籠もった目で僕を見つめて、言った。

「Aさんがこんなにがんばってるのに、私が何もしないんじゃ、ダメですよね」

マイカは自分に言い聞かせるように言った。

「でも、それは」

僕が返すと、マイカは首を振る。

「いいんです。今までいろいろな理由をつけて、『異能力』を使うのを避けてたけど。私も、できることはやります」

「……わかった」

クイズ力が完全に互角なら、相手の『異能力』を暴いて指摘殺するしかない。それは、自分の意思で人を殺す、ということだ。マイカは僕を信頼して自分の『異能力』を明かす上で、その覚悟を決めたのだろう。だったら、僕も応(こた)えなければならない。

僕は目を閉じ、もう一度脳内で考えをまとめた。これならいけるはずだ。

マイカの能力は『ホロスコープ(Horoscope)』だろう。ラウンドに一回、指定した参加者の能力を知ることができる。

チャンスは一度きり。

「対象は……須藤だ」

マイカが小さくうなずき、手をにぎって、開く。

『Ｓｔｏｐ』

手のひらには、先ほどまでなかった文字が浮かび上がっていた。

「ありがとう。これで、つながった」

僕は対面の解答席を見つめ、腕をまっすぐ伸ばして指をさす。自分の指先が小さく震えているのが見える。

「『能力指摘』」

会場の空気が凍り付いた。この瞬間、どちらかが死ぬことが確定したからだ。クイズの出題も停止した。

「え、ほ、本当に!? なんで!?」

須藤がうろたえる。

「……Aくん。やめるなら今のうちっすよ」

桔梗の方は、やけに落ち着いた様子で、僕のことを見る。

「やめません」

「外したら死ぬの、わかってるっすか?」

「はい」

「そうっすか……だったら、その前に聞かせてほしいっす。君の推理を」

桔梗がそんなことを言い出して、僕らも、須藤も目を見開く。

「なっ、なんでそんなこと!? あんたバカなの!? それより先にあっちの『異能力』を指摘すれば……」

「まぁ、それはそうなんっすけどね。ウチらはここまで、相手の『異能力』を絞りきれなかった。当てずっぽうで指摘し返してもいいっすけど……でも、あんな子供たちが、先に命を張る決断したんっすよ。それには応えるのがスジってもんでしょう」

意外な展開だった。『能力指摘』を返してくるようであれば、先に指摘してしまうつもりだったが……。

「……Aさん、これって……」

マイカが僕を見上げてくる。わかっている。桔梗はただ譲歩しているのではない。僕に喋(しゃべ)らせて、情報を吐かせるつもりだ。ミスがあれば、僕だって次のラウンド以降ただではすまないだろう。それに、推理中に最も大きな手がかりになったマイカの『異能力』を言うわけにもいかない。推理なんて言わないで、さっさと指摘してしまえばいい。

だとしても。

「……わかった」

互いに命を張っている。だから、その提案を断るわけにはいかなかった。

「僕らは延長戦前最後の問題で、ほぼ同時に押していたけど、そこは適切ではなかった。さっきの誤答した問題もそうだ。そちらのチームに起こっている組み合わせ(コンボ)は『適切な場所で押せたら、ほとんどわかる状態になる』と推理できる。答えが直接わかる……『アンサー』や『フィフティ・フィフティ』に類する能力じゃなくて、自分で答えを考える必要があるってことだ」

僕は話し始めた。会場の空間には、何も反響しない。

「そうすると……4ヒントクイズの早押しに違和感が出てくる。特に絵画の問題は、明らかに知っていたからでは済まない速さだった。考えたってあの情報ではわからないだろう。でも正解しているということは、あの時点で解答に必要な情報が揃っていたということだ」

「な、なにいってるのよ！　あれは……」

「いいから」

反論しようとした須藤を、桔梗が止めた。僕は続ける。

「断片的にでも画像があれば、その全体がわかる。画像から適切な情報を読み取り、自分が知らなくても答えることができる。……つまり、そちらのチームは画像検索を使っている」

「画像検索!?」

「そんな能力があるの？」

「スマホでも持ち込んだっつーのかよ」

周りの参加者たちがざわつく。桔梗の表情は変わらない。

「検索できることを前提にすると、解答の速さにも説明がつく。グーグルかなにかで、読まれた場所までの内容を検索すれば答えは出るだろう。だから、検索してわかるところまでは情報が必要なんだ」

「で、でも、検索なんて、いつ……」

　マイカの言葉に、僕はうなずく。

「そう、そこだ。ボタンを押してから、須藤・桔梗チームはすぐに解答している。検索をして、その結果から答えを探しているような時間はない……いつ検索しているんだ？　そう考えたときに、ひとつの違和感があった」

「な、なによ違和感って」

　須藤の表情に焦りの色がにじむ。

「相手チームのボタンは、いつも須藤さんが押している。解答自体は二人ともしていたけど、ボタンを押すのはいつも須藤さんだ。そして、ボタンを押した後、必ずあるはずのあることが起こっていなかった……ボタンの点灯だ」

「なるほど、確かにそういえば、点(つ)いてなかったね」

　Qが相変わらずの表情で相槌(あいづち)を打つ。

「なぜボタンが点かないのか？　故障ということは考えにくい……もしかしたら、点灯したものが自然に消えていたのかもしれない。そう考えると、さっきの疑問とつながってくる。検索はいつしているのか？　ボタンの点灯はいつ消えたのか？　どっちもいつの問題だ。相手チームにだけ時間があった、と考えると、この疑問はどっちも解消できる。つまり、相互作用（コンボ）のもう一つの能力は『時間操作』……あるいは、『時間停止』だ」

「ええ!?　ラスボス級じゃないですか！　そんな強い『異能力』、もっと上位にあっていいのに……なんで!?」

ザ・ワールドじゃん、とこぼしながら驚くマイカ。それに答えるように、桔梗が言った。

「それよりもっと重大な欠陥があるっすよ、その推理は。それじゃあどうやって時間操作とか時間停止しながら検索したっすか？　一人じゃ相互作用（コンボ）はできないっすよ？」

確かに、そうだ、と、周囲の参加者たちがささやく。僕は疑いの目が強まるのを感じながら、続けた。

「そう。『異能力』は一人ひとつ。検索ができる参加者は時間停止できないし、時間停止できる参加者は検索できない。この疑問をどう解消するか？　そこが問題だった」

「そもそも『時間停止』ってなんだ？　時間が止まっているなら自分も止まっているはずだ。自分だけが動けたとして、服や周りの空気はどうなる？　止まってたら呼吸できない。自分や自分の所持品だけが停止の例外になるのか。そう考えた時、僕は一つの可能性に思い至った。なにも、『異能力』で検索しなくたっていい」

「ど、どういうことですか？」

「さっき誰かが言っていたように……スマホが一台あれば全部足りる。もう一つの能力は、『スマホ』だ。『時間停止』側に『スマホ』側がスマホを渡して、『時間停止』中にそのスマホで検索すればいい。これが一人相互作用（コンボ）のトリックだ」

桔梗はそこまで聞くと、笑って手をたたいた。

「『時間停止』して検索している間にボタンの点灯が切れた。でもボタンの音は持ち物じゃないから聞こえていた……すごいっすね。点灯のことはウチも気が付かなかったっす。まあ、推論が多くてギリギリの線っすけど。合ってるっすよ」

「な、なに肯定してんのよ！　ねえ！　あっちの『異能力』わかんないの⁉　ねえ！　早くブッ殺さないと‼」

桔梗は、自分の頭をがくがく揺さぶってくる須藤を手で制した。そして、ボタンの陰においてあったものを手にとって、掲げる。それはよく見知ったスマートフォンだった。

「ま、マジかよ!?」

「ほんとにスマホが出てきた!?」

ミラや他の参加者たちが声をあげる。

「あと一歩っすよ、名探偵。生還できたら作家にでもなるといいっす……たはは、これウチが言うことになるんすね」

これから殺される人のものとは思えない、桔梗の軽口。僕は促されるまま、改めて二人を指さした。

「……『時間停止』のきっかけになるのがボタンを押すことだとすれば、須藤さんが毎回ボタンを押していたことにも説明がつく。したがって……」

大きく息を吸って、吐く。

「『能力指摘』。須藤ヤスミが『ストップ（stop）』、桔梗ユカリが『フォーン（phone）』。これが僕の答え（アンサー）だ」

◆

そこから後のことは、よく覚えていない。だけど、僕が二人の参加者を殺したことだけは、はっきりと覚えている。

混乱した頭の中で、僕はずっと考えていた。

やらなければ、こっちがやられていた。生き残るためには仕方なかった。僕もマイカも、ミラも、生き残れてよかった。でも、本当にこれでよかったんだろうか？　生き残れるのが一人だけだとしたら、あと何回こんなことをしなければいけない？


【参加者が半数になったため、休憩とします。再開は三時間後です】

そんなタイミングでクイズが一旦（いったん）終わった。アナウンスが告げたとおり、ラウンド9が終わった時点で、参加者のうち半分が死んでしまっていた。

開示されている能力も、二つ増えていた。

Answer　…クイズの答えがわかる。
BAN　…指定した参加者の能力を一定時間無効にする。
Counter　…他の参加者がボタンを押す行動を予知し、その前にボタンを押すことができる。
Detective　…クイズや能力に関する情報以外を、任意に聞き出すことができる。
Erase　…クイズの問題文や選択肢の一部を非表示にできる。

Fifty-Fifty …クイズを二択扱いで解答できる。
Genre …問題の出題ジャンルを変更できる。
Horoscope …ラウンドに一回、参加者のうち一人の能力を知ることができる。
Immortal …指摘によって死なない。
Judge …能力の処理やクイズの詳細なルールについて、正確な情報を得ることができる。
Knight …ラウンド不参加時、参加者一人を選び、死亡しないようにできる。
Loop …死亡したとき、クイズをやり直すことができる。
Medium …死んだ参加者の能力がわかる。
Negotiation…ラウンドへの参加やクイズの得点を、交渉により変更できる。

開示された十四個の『異能力』。それは、十三人もの参加者が死んだことを意味する。十三人。僕の家族の数、仲の良い友人の数を足しても、十三人には届かない。そんな大量の人間が、死んだ。そのうち二人は、僕が直接手を下した。

本当に、これでよかったんだろうか？　思考がまとまらないのも怖いし、まとまってしまうかもしれないと思うと、それも怖い。

僕は、いつの間にか作られていた個室に入り、泥のように眠った。

夢を見ていた。小学生の頃の夢だ。僕は保健室のベッドで寝ていて、捻挫（ねんざ）した足に氷嚢（ひょうのう）をあてている。

「お前さ、ほんとバカだよな」

小学生のミラは、僕の寝ているベッドに腰かけて、こっそり持ち込んだ携帯ゲームをやっていた。当時から背は少し高かったが、髪は染める前で、薄い茶色だ。

「ただの体育の授業だよ？　なのにあんな無理して、全力でやって、足ひねって。もっと適当にやってても、別に誰も怒らないのに」

それはそうなんだけど、と僕はぶぜんとした表情をする。

その日の体育の授業はサッカーだった。クラスを何チームかにわけて試合をしていたのだが、先生がチーム分けを生徒に丸投げしたせいで、サッカークラブに通っている生徒で固めたチームができていた。一方僕のいるチームは、運動音痴の寄せ集めになってしまっていた。その二つのチームが試合をしたのだから、一方的になるのはわかりきっていた。

相手チームは、全員が僕らのチームをバカにしていた。わざとラフプレーをしたり、無駄に威嚇してシュートを外させて笑ったり、そんなことを試合の時間中ずっとしていて僕のチームの中には、泣き出す女の子までいた。

「あいつら、先生に目を付けられないように、点差をあまりつけないで嫌がらせばっかりしてただろ。だから、せめてシュートを決めて逆転して、見返してやろうって思っただけ」

「気持ちはわかるけど、別にAがやらなくてもよかったじゃん。どうせどんだけシュート打ったって、上手いキーパーがいたら入るわけないんだし」

「でも、あのチームで、まともにボールが扱えるのは、僕だけだったから。やれるんだったら、やらないと」

「頑固だなー。ほんと、そういうとこだぞ、A」

ミラはわざとらしくため息をついた。

「そういうとこが、みんなにめんどくさいって思われるんだよ」

「ミラもそう思ってるの？」

「あたしは……バカだけど、悪くないって思ってるけどさ」

実は、僕のチームにはミラもいた。他のチームメイトが諦めムードの中、ミラは最後まで僕に付き合ってくれた。ケガはしていないものの、運動音痴の彼女も無理をして、だいぶ疲れていたはずだ。

「ミラのほうこそ、最後まで付き合わなくてもよかったのに」

「Aがアホすぎて見てられなかったから！　いいんだよ、あたしのことは」

いつもそうだ。僕がミラのいう、「わざわざやらなくてもいいこと」を頑固にやる時、他のクラスメイトには疎まれることもあったが、ミラはいつも付き合ってくれた。僕は、彼女のそういうところが、昔から好きだった。

浅い眠りから目が覚める。天井なのかもわからない無機質な白が目に入る。この理不尽なデスゲームのほうが夢だったらよかったのだが。

「起きたか」

ミラがいた。こちらはピンク髪の本物だ。

「……まだ休憩時間？」

「あと一時間ぐらいある。次はあたしの番かもな。その時は、『テレパス』で助けてくれよ」

まだクイズが続くことを思うと、かなり気が滅入った。それに、ラウンドごとに必ず一人以上死ぬということがわかった今、ミラといっしょに生還する、ということが本当に可能なのかも、疑わしくなっていた。

「そうだ、そういえば」

黙り込んでいる僕に気を遣ったのか、ミラが慣れない調子で無理やり話題を変えた。

「今までやっててわかったか？　Qの早押しが『異能力』なのか、技術なのか」

「……それはまだ、わからない」

どっちにしろQを攻略しない限りは、僕らに勝ち目はないのだった。

「だけど、技術でできる、ということはわかった。実際、ラウンド9では須藤さんに教えてたみたいだし」

話していたほうが気が紛れる。僕はミラの気遣いに乗らせてもらうことにした。

「まず……クイズの問題文の構造にはパターンがある。Qは知識の量もすごいんだろうけど、このパターンを知っているから、あの早押しができるんだ。さっきの延長戦で……僕らは他の人よりずっと多くのクイズを解けた。だから、パターンがわかった」

熾烈な延長戦の間、僕らと須藤・桔梗チームは、互いにほぼ最速でクイズに答え続けた。少なくとも僕はそう思っている。その結果、僕はクイズというゲームの性質に……パターンに近づけた。

「あの二人のおかげで気づけたんだな。じゃあ、なんとしてもこのヒントを使って生き残らないと」

「うん」

神妙な顔をするミラに、僕は説明を始めようとする。

「まず、問題文には大きく三つのパターンがあって……」


その時。


「ね、ねえ大変ですよ！」

マイカが部屋に飛び込んできた。彼女もラウンド9以降ふさぎ込んでいたが、少しは調子を取り戻したのかもしれない。荒い息を鎮めながら、マイカは言葉を絞り出した。

「Qが、全員にクイズの解き方を教えるって……！」

僕らは耳を疑った。不審に思いながらも、先ほどまでクイズをしていた会場に行くと、Qが壇上に立っていた。相変わらずの笑顔で、僕たちを含め他の参加者たちを見回している。

「やあ、ごめんね。疲れてるのに」

僕らが後から来たのに気が付くと、Qはにこやかに手を振った。

「でも、これは全員に聞いておいてほしいんだよね。せっかくクイズをやるんだから」

僕らを含めて十二人の参加者たちは、不可解な展開に顔を見合わせている。

「なんか胡散臭ェ～な！　俺たちに解き方を教えて、お前になんのメリットがあんだよ！」

大声でQに言ったのは、太った男の参加者。確か半蔵モンヂと言ったか。サスペンダーが悲鳴をあげそうなほどの体格だ。彼の威圧的な言葉も、Qは意に介さず飄々と返す。

「メリット？　ないけど。別にボクがこれを教えようと教えまいと、みんなはボクにクイズで勝てないから、関係ないんだよね。しいて言えば、みんながクイズに詳しくなってくれて、ちょっとはいいゲームができたらいいなって！」

「はあぁ？　なんだそりゃ！」

「まあとりあえず聞いてよ！　君たちにはメリットしかない……クイズに勝ちやすくなるし、これをマスターすれば『アンサー』だって見破りやすくなるよ？」

参加者にざわめきが広がる。

「それとも……キミは『アンサー』だから反対してるってわけ？」

Qがいたずらっぽく笑うと、半蔵は激しく首を横に振った。

「な……んなわけあるか！　変な野郎だな」

大男が口ごもり、Qは説明をし始める。

「まずね、クイズっていうのは知識を競うゲームなんだ。だから、知識があるほうが有利になるように、いろんなお約束があるんだよね」

クイズ王というだけあって、説明も慣れているようだった。

「例えば、【日本で一番高い山は何？】これはみんな知ってる。富士山だよね。だから、これで早押しをやっても、知識で差がつかない。でもこうだったらどうかな？【一七〇七年に噴火し、当時は江戸にまで火山灰が降ったとされる火山は？】これだったら、歴史に詳しい人だけがわかって、知識で差が出るよね」

そうだ。前半が難しく、後半が簡単。僕があのラウンドを切り抜けて見つけたパターンの一つだ。

「だから、問題文はこうやって作られる。【一七〇七年に噴火し、当時は江戸にまで火山灰が降ったとされる火山で、日本で一番高い山は何？】歴史に詳しかったら、前半部分でわかって早押しできる！　おめでとう！　でも、わからなくても後半まで待てば、みんな知ってるから解答できるね。これがいわゆる、前振り・後振りの形式だ。知っていれば、【一七〇七年に噴火し】ぐらいで答えてもいいかもしれないねえ」

僕がやっと見つけることができた法則が、わかりやすく解説されていく。

「次に、列挙するタイプの問題。【ウガンダ・マサイ・アミメといえば、なんの動物の名前？】わかる人？」

「……キリンね」

僕の隣で、背の高いスーツの女性が答える。

「正解！　ウガンダとかマサイだけじゃわかんないけど、アミメキリンだったら動物園で見たことある人もいるんじゃないかな？　これもさっきの問題と同じで、前ほど難しくて後ほど簡単なんだね。お姉さんなかなか物知りだね」

「……どうも」

スーツの女性は表情を全く変えない。

「似たような形で、名数問題っていうのもあるね。【日本三景といえば、松島(まつしま)、宮島(みやじま)と何？】っていうような。三景は三つしかないから、最初の二つを聞けばいいんだけど……」

【時間です。ラウンド10を開始します】

オラクルのアナウンスが響く。また、死のクイズが始まってしまう。Qは屈託のない笑顔で続ける。

「じゃ、ここから先は、実際のクイズを見てみようか。できればボクがやって見せたいけど……」

アナウンスが続き、ラウンド10は半蔵モンヂ・平川ホウゾウ組対飯島イサム・宮本ミヤコ組となった。不服そうな顔をするQに、大柄な男が毒づく。

「ケッ、デスゲームやりたがるとか頭イってんだろ」

「半蔵、口を慎め」

「ッチ……あーッス……」

半蔵モンヂの隣、平川ホウゾウは、白髪の多い初老の男性で、半蔵と並ぶと余計に小柄に見える。知り合い同士で、平川のほうが立場が上のようだ。

もう一方のチーム、飯島イサムと宮本ミヤコは、

「Qさん、マジパネっす！　これでオッサンどもバチボコっすよ！」

「わたくし、うまくできますかどうか……」

飯島イサムは派手な格好の青年で、渋谷や新宿にいそうな雰囲気だ。宮本ミヤコは上品なおばさんといった感じで、こちらも外見は正反対な組み合わせだ。この二人は、以前のラウンドから須藤ヤスミとともにQの周りにいたグループだ。

「ま、飯島さんと宮本さんが解いてくれるから、それをボクが解説するんでもいいかな……クイズやりたかったんだけど」

「まかしてくださいよQさん！　ぶっちゃけこれ知ってたら負けねーんで！」

「そうね、せっかく教えていただいたんですから」

彼らもQからクイズのコツを聞いているようだ。つまり、Qチーム対半蔵・平川ということになる。

向かい合った席には解答者四人。周囲には僕らを含め九人の参加者がいる。先程まであそこにいたのは僕らで、向かいに座っていた二人はもういない。

「……わかんねえよな」

僕の隣でミラがつぶやく。

「なんでQは、自分でクイズの解説なんかするんだろ」

「『アンサー』を本気であぶり出そうとしてるんじゃないですかね……」

Qがクイズで負けるとすれば、相手は『アンサー』しかいない（つまり僕だ）。クイズの定石を他の参加者たちの共通認識にすれば、『アンサー』を見つけ出しやすくなる。

「案外、マジでみんなでクイズをやりたいだけだったりしてな」

「そうなんだよ」

「うわっ⁉」

Qが急に割り込んできて、僕らはのけぞった。

「さっきのラウンドでさあ、Aくんたちだけスゴい試合してたじゃん？　延長戦もあって二人だけたくさん解いてるし。他の人と実力差があると不公平だと思ってさ」

「……本当にそれだけなのか？」

僕はQに疑いの目を向けるが、Qは全く意に介さないようだ。

「本当だよ！　クイズ王なんだよボク。三度の飯よりクイズが大好きなんだ。まあここにきてからお腹減らないんだけどね」

「それにしては、Aさんにだけ絡んでないですか？」

「それは、Aくんが一番クイズがデキそうだからだよ。ライバルってやつ？　ラウンド9でポカしかしてなかったキミと違ってね」

「ぐっ……」

マイカはそれきり何も言い返せなくなってしまった。

【問題。】

「あ、始まっちゃうじゃん。解説してあげないと」

【日本で一番高い山は富士山ですが、に】

ピコーン！

押したのは宮本だ。隣では飯島が目を見張っている。

「なぜここで答えがわかるのか？　それはこの問題もパターンがあるからなんだねえ。ですがを挟む問題は、パラレル問題といって、必ず前後が対応するようになってるんだ。今回だと対応する可能性があるのは『世界で一番高い山は？』とか、『一番低い山は？』とかもあるけど、今回は……じゃ、宮本さん、答えをどうぞ！」

Qが早口でまくしたてた後、宮本はゆっくりと答える。

「……北岳、です」

正解音。

「おおっ！　お見事！　拍手！　【ですが、に】と来たから【二番めに高い山は？】とくるわけだね。何と何が対応しているかわかれば、最後まで聞かなくても押せるってわけだ」

わざとらしく拍手をするQ。参加者のうち何人かが、つられて手を叩いてしまう。Qは場の空気を掌握しつつあった。

【問題。『正しさとは】

ピコーン！

「っしゃ！」

飯島がガッツポーズをする。

「『うっせぇわ』」

正解だ。解答が早い。

「うんうん、良い押しだよ飯島さん！　今みたいな書き出しとか歌い出しで早押しさせるのはけっこうよくあるんだよね。こういうのはホントに早押し勝負だからね」

【問題。七福神で唯一じょ】

ピコーン！

今度は宮本が押した。

「……弁財天」

これも正解だ。

「な、なんでわかるんだ？」

ミラが驚くと、待ってましたとばかりにQが解説する。

「これは面白い問題でねー。七福神っていえば、一般的に恵比寿、大黒天、福禄寿、毘沙門天、布袋、寿老人、弁財天なんだけど、この中で唯一っていえば唯一女性の弁財天か、唯一日本の神様の恵比寿が聞かれがちだね。だから【唯一】の後の【じょ】まで聞く必要があったんだよね」

これで3対0だ。半蔵・平川チームは未だに押せていない。

「宮本さんは教師をしてただけあって知識が豊富だし、飯島さんは反射神経が良い。それに二人とも要領がいいから、教えたことをすぐ吸収してくれたよ」

Qは僕のほうを見て目を細めた。

「さーて、これで一通り、Aくんが気づいてそうなところまではみんなに共有できたかな?」

「なっ、お前やっぱり……」

「キミはクイズのパターンに気づいてたから早押しできたんでしょ? そうでなきゃ……キミが『アンサー』ってことになるけど?」

目の奥が笑っていない。僕は言葉を選んで、Qに返す。

「……間違ってないよ」

「そうだろうとも。キミにはもっと強くなってもらわないと困る」

僕によくわからない執着を見せるQ。僕が『アンサー』だとバレるような行動をするのを狙っているのだろうか。

【問題。四択問題です】

四つの選択肢が、二つの解答席の間に表示された。ラウンドが進んでから、こうした単純な早押しでない形式も増えている。

①リップ　②チーク　③マスカラ　④アイライナー
（答えは『チーク』だけど、化粧品関係は問題の想像がつかないな）

【次の四つのうち、もく】


ピコーン！

解答席のランプが灯る。押したのは意外にも、半蔵だった。

「②チーク」

正解だ。半蔵はフン、と鼻を鳴らす。

「よく化粧品の問題がわかったな。今のはあそこでわかるのか？」

ミラは素直に感心して、僕に聞いてくる。

「いや……たぶん、まだわからないんじゃないかな」

「あ？　じゃあなんで正解できるんだよ。当てずっぽうか？」

「『異能力』を使ったんだ。たぶん半蔵の、だけど、まだ確定じゃない」

これはただのクイズではなく、『異能力』クイズだ。3点差をつけられ、いよいよ平川・半蔵チームも『異能力』を使っての反撃に出たのだろう。

「そう、あの段階では問題が『何を聞いているのか』もわからない。展開のギアが一段上がったね」

Qは興味深そうにあごをなでている。

【問題。四択問題です】

①二千円札の発行 ②五千円札の絵柄が樋口一葉になる ③一万円札の絵柄が福沢諭吉になる ④千円札の絵柄が聖徳太子になる

【次の出来事のうち、古い順に並べると三番めに】

「①二千円札の発行」

【問題。四択問題です】

①キュアブロッサム ②キュアホワイト ③キュアハッピー ④キュアホイップ

【次の四人のプリキュアのうち、最もあたら】

「④キュアホイップ！」

半蔵が四択問題を連取して、得点が並んだ。3対3。

「くそっ、なんなんだよコレ！」

飯島は明らかにイラついていた。Qから教わった必勝法が通じないのだ。ムリもないだろう。

「オッサンども、なんか『異能力』やってんだろ!? バレバレだぞ!」

「お、落ち着いて飯島くん、そんなこと言っても意味ないわよ」

宮本が飯島を抑えようとするが、止まらない。

「そんだけ歳喰(く)ったら、『異能力』でズルしないと俺に勝てないもんな! オッサンどもが生還してなんになるってんだよ!」

半蔵たちを挑発する飯島。

「特にそっちのデブオタ! 何が『キュアホイップ』だ、うれしそうに答えやがって! キモいんだよ!」

「……うっせえわ、ガキが! プリキュアバカにすんな!!」

それに対して、何が逆鱗(げきりん)に触れたのか、突然半蔵がキレた。大きな体を揺らし、解答席を叩く。

「あーもう、いいわ、言うわ。もともとダリーんだよ読み合いとか……」

そして、飯島を指さして、挑発し返すように言い放った。

「おれの『異能力』は『フィフティ・フィフティ(Fifty・Fifty)』。……っふぅ~っ、もう隠すのもまどろっこしいから言っちまうけどよぉ~。飯島! おめーに度胸があんなら、『能力指摘』してこいよ……。四択問題が続く限り、お前に勝ち目はないぜぇ~っ……イキるならそんだけの度胸があるのか見せて見ろよォ~ッ」

自らの『異能力』、『フィフティ・フィフティ（Fifty-Fifty）』を突然暴露した半蔵に、対戦相手も、同じチームの平川も、僕ら他の参加者も騒然としていた。

「な、なんなんだアイツ。おいA、あんなことして意味あんのか？」

「正気じゃないですよ、能力が当たったら死ぬのに！」

ミラとマイカが僕にたずねてくるが、僕にだってわかるわけがない。

「そんなことをやっても意味はないんだけどな……」

Qは不思議そうに、本当に理解できなそうな調子で言う。

「だってそうだろう？　こんなの、ジャンケンで『次はグーを出す』って言っているようなものだ。『フィフティ・フィフティ』の能力的に今起こっている現象と合致していたとして、それは彼の『異能力』だという確証は一切ないんだから」

Qの言葉に頷（うなず）きながら解答席に目を向ける。当の飯島は挑発に乗って、今にも『能力指摘』をしそうだったが、同じチームの宮本が必死で止めていた。

混沌（こんとん）とした状況の中でも、クイズは進む。

【問題。四択問題です】

「クソっ、なんの『異能力』なんだよ、この四択問題は……」

飯島もボタンに指をおいた。

選択肢は、①日本料理　②トルコ料理　③インド料理　④イタリア料理

【次の四つのうち、世界さ】

ピコーン！

まだ本文が五文字も読まれていないのに、半蔵が押した。

「②トルコ料理」

正解だ。これで4対3。飯島・宮本チームは、あと二問正解されたら敗北が確定してしまう。

「くっそ、あのオッサン、もう『異能力』使ってるのを隠しもしねえ……なんなんだ今の、あいつホントは『アンサー』なのか？」

「だから『フィフティ・フィフティ』だっつってんだろ？　さっさと指摘してみろよ」

歯嚙(はが)みする飯島に、挑発する半蔵。この状況を打破するには、『能力指摘』をするか、あるいは飯島たちも『異能力』で正解を導くしかないだろう。

【問題。四択問題です】

もう何度も聞いたアナウンスとともに、選択肢が表示され――。

「……ああ？　なんだコレ……？」

半蔵は無い首をひねった。選択肢は、

①○の○に○○　②○○に○　③○○○に○○○　④○○の○○○

そのほとんどが不自然に隠れている。

【次のうち、意味の異なることわざはどれ？】

会場内が静まり返った。

（これ、何がどうなってんだよ!?　答えはなんなんだ？）

ミラの『テレパス』が僕に思考を伝えてくる。

（答えは『④河童（かっぱ）の川流れ』なんだけど……こんなの、わかるわけが）

ピコーン！

静寂に響いたボタンの音。押したのは、宮本だ。

「④番。……でいいのよね？　中身はわからないけど」

正解だ。これで点差は０になった。

「おお！　すごいねえ！」

Qがうれしそうに手を叩く。これが解答できたのは、彼にとっても予想外だったようだ。

「たぶん①馬の耳に念仏②ぬかに釘③のれんに腕押し……④はなんでもありだけど、河童の川流れ、とかかな？　正解の④がわからなくても、他の三つが同じ意味のことわざってところから閃けば、解答できるね！　すごいすごい！」

　Qの喜びようからして、これは本当にファインプレーだったようだ。宮本は安堵の表情を浮かべている。それを見ながら、Qは急に真顔になって続けた。

「……まあ、彼女本人が『イレイズ』でなければ、だけど」


Erase…クイズの問題文や選択肢の一部を非表示にできる。

　この状況は、明らかにその『異能力』の影響下にあるものだ。いよいよ状況が複雑になってきて、僕は頭が痛くなる。自称『フィフティ・フィフティ』の半蔵、『イレイズ』で阻害した問題に正解した宮本。四択問題が出続ける現象。誰が、何の『異能力』で、この状況を作り上げているのか？

【問題。四択問題です】

選択肢は、①徳川■○　②徳川■△　③徳川△◆　④徳川◆○

異様な表示に会場がどよめく。

「はぁ!?　みんな苗字おんなじじゃねえか！」

ミラが叫んだ。

「いや、将軍の名前だからそこは同じになるんでしょうけど……」

マイカが突っ込みを入れるが、そういう問題ではない。

「いや、それよりも」

僕は思わず口走る。答えは③なのだが、こんなの。

「こんなの、答えようがないんじゃないか……？」

今までたくさんのクイズをやってきたが、答えようのない問題というのは出題されなかった。『イレイズ』の影響を受けてもなお、先ほどの問題は解けるようになっていた。だとすると、一見解答不能に見えるこれも……？

【次の四人の将軍のうち、生類】

そこまで問題が読まれたとき、Qが「なるほど」とつぶやいたのが聞こえた。

そして、ほぼ同時に、

ピコーン！

ボタンが押される音。押したのは、またも宮本だった。

「③徳川綱吉（つなよし）」

正解だ。

「すごいすごい！　やるじゃないか宮本さん！　いやぁびっくりだよ！」

Qが飛び上がって大喜びしているが、他の参加者たちは皆、状況に思考が追いついていないようだ。僕もそうだ。

「なんにもすごかねえよ！　コイツが『イレイズ』の本体ってだけだろ！」

半蔵が口から唾（つば）をとばしながら叫ぶ。能力指摘しようと指さしたところで、

「待て、半蔵」

平川がそれを止めた。

「この問題、俺らが頭で負けただけだ。さっきみてえに、解けるようにできてる」

「マジかよ、平川サン」

「……さっきの問題で、○にはどんな文字でも入るのはわかってた。だったらわざわざ記号を分けてる■◆△には共通の文字が入ると考えるのが自然。すると、③が『家でなく、他の将軍の名前に使われている文字だけで構成される』とわかる。徳川将軍

の名前の中でこの条件を満たすのは、②の家綱と④の吉宗の『綱』と『吉』を使っている『綱吉』だけだ」

平川がしゃがれた声で述べるのを、会場の全員が聞き入っていた。

「あのお嬢さん、おそろしく頭がきれる。次も同じように隠されたら、勝ち目がねえな」

「そう！　そうなんだよー！　いやあすごいね！　逸材だ！」

「い、いえ、そんな……」

宮本は、平川とＱに褒められ、少し照れているようだった。

「ッチ、しょうがねえな……これを取りゃあ延長戦だ。いつまで続けられるか試してやるよ」

半蔵がボタンに手を置く。


【最終問題です。問題。四択問題です】

最後まで四択が続く。選択肢が公開された。

①◯　②×　③△　④□
「最後まで『イレイズ』がかかってんのか。こりゃＱのチームの勝ちだな」

ミラが僕の隣でつぶやく。

僕は「あれ？」と声を出しそうになって、すんでの所でやめた。

これは、おかしい。なぜなら、答えは②の×だからだ。『イレイズ』がかかっていない。

そして、そのことに気が付いてしまえば『アンサー』であることがバレる。

「『能力指摘』だ」

太った人間独特の、くぐもった声が聞こえた。

◆

飯島イサムは、頭があまり良くないという自覚があった。だが、「誰についていけばいいか」に対する嗅覚だけは、自信があった。

あまり難しいことを考えない。「誰についていけばいいか」だけ間違えなければいい。そいつに判断を委ねて、思考を任せていればいい。もちろん、大きな成果をあげることも、親しい友人ができることもないが、明日の飯と安いビールには困らない。

それが飯島の生き方だった。

事実、それでわりとうまくやれていたのだ。定職につかず、半グレのような生き方をしていても、誰に従い、誰のもとに身を寄せるかだけ間違えなければ、それなりにかわいがってもらえた。飯島のような人間を都合よく使いたい者は、山程いたからだ。

だから、このゲームに巻き込まれたときは、本当に最悪だった。

クイズに正面から取り組むのも、駆け引きで『異能力』とやらを暴くのも、何もかも面倒だった。

（ミスったら死ぬ⁉　クイズ？　『異能力』？　冗談じゃない！　意味がわからねえ！　俺は何をすればいい？　なんで俺がそんな面倒なこと考えないといけないんだ⁉）

飯島はすぐに探した。この状況を解決してくれる「勝ち馬」を。自分を使い、命令してくれる人間を。たとえクイズに勝った最後の一人しか生還できないとしても、命のかかった判断を強いられ続けるよりは、ずっとましだ。

そして、見つけた。


【問題。日本三景とは、】

「天橋立」


Qという圧倒的なクイズ強者を。

飯島は彼についていくことにした。もし彼に利用され、だまされて死んだとしても、一人でやってもすぐに死ぬのだから、結果的には変わらない。いつものことだ。そう思っていたが、意外にもQは飯島に好意的で、いろいろと戦い方を教えてくれた。

「キミの『イレイズ』は、『BAN』と並んで数少ない妨害能力だ。ここぞというときに取っておくのがいいね……警戒されると面倒だし」

「今までの問題からして、全員が解けないような問題は出ていない。わからなくても焦って押さないで、ゆっくり聞けば後振りでわかることもあるよ」

Qの協力もあって、飯島は最初のラウンドをなんとか突破。そして今、同じくQの取り巻きの宮本とチームを組んで、クイズに挑んでいる。

追い込まれて思わず『イレイズ』を使ってしまった飯島だったが、彼には妨害前の問題と選択肢が見えても、答えがわからない。

（やっぱり俺はアホだ、こんなことしても意味がない）

後悔しかけたその時、チームの宮本がなんと正解した。これにはQも、飯島も大喜びだった。

「宮本サン、すげえっすよ！　これなら勝てる！」

飯島が『イレイズ』で妨害し、宮本がゆっくりと考えて正解する。このパターンで、最後の一問をとれば勝てる。このクイズは、チームを組んだ者が勝つ。クイズで最強のQに、宮本もここまで強ければ、この人たちについていけば負けないだろう。飯島は、改めて自分の嗅覚に自信を持った。

【問題。】

飯島は勝利を確信して、『イレイズ』を起動する。これで表示される選択肢がおかしくなって——。

「なっ」

なっていない。というより、普段ならわかる書き換えの結果もわからない。『イレイズ』が発動していない。

何が起こっている？　飯島は選択肢を映していた空間から、周囲に視線を巡らせる。クイズの解答者を取り囲むようにいる、他の参加者の中。そして、解答席の対面。

四人の参加者が、飯島を指さしている。

半蔵モンヂ。平川ホウゾウ。乾イヴァン。大門サクラ。

親指と人差指で、銃をつくるようにして、飯島を標的にしていた。

◆

「『能力指摘』だァ」

くぐもった声のする方を見る。解答席の半蔵と平川が、飯島を指さしている。僕の隣でクイズを見ていた長身の女性も。他にも一人、外国人っぽい顔の男性が同じようにしている。全員が、指先で銃をまねるみたいにして、飯島に向けていた。

「ほんとはよぉ～……『アンサー』も釣れりゃあ一石二鳥だとおもってたんだがなぁ～～……ここまで隠してきただけあって用心深いぜ……飯島イサム、オメーと違ってな……」

「な、なんだよこれっ！」

当の飯島は混乱している。当然だろう。『イレイズ』が使えなくなったのだから。

「『BAN』か。ここで動いてくるとは。悪い予想が当たった」

Qは珍しく真剣な表情で行方を見守っている。

「ここまでアホみたいな挑発に乗ってやった甲斐はあったぜぇ～～……フツーに四択解いてれば勝てたかもしれないのになぁ～～？」

「お、お前、『フィフティ・フィフティ』じゃ……や、やめろおっっ！」

　半蔵は勝ち誇り、飯島を見下ろして言った。

「飯島イサム。お前の能力は『イレイズ』だ。マヌケさ加減をあの世で反省しなぁ～～ッ！」


　ピンポーン！


　空虚な正解音が鳴り、飯島の頭が弾け飛んだ。

　宮本の顔と上品な服に、べったりと血の跡がつく。

　少しの静寂のあと、彼女の悲鳴が会場に響いた。

　その後、最後の問題……【次の四つの記号のうち、一般的に海外のテレビゲームで決定を意味するボタンはどれ？】を半蔵が正答。5対5で延長戦になったが、もはや宮本に戦う気力は残っていなかった。

　ラウンド10は半蔵・平川チームの勝利で終わり、二人の参加者が減った。

「……ひでえ野郎だ。これから死ぬやつをあんなにボロクソに言って……」

　ラウンドが終わり、生き残った半蔵と平川が席を降りてくる。誰もが言葉を飲み込む中、ミラの絞り出すような声が聞こえる。

「あ？　なんだぁこのガキ……」

半蔵がミラに近づいてきた。僕は二人の間に入ろうとするが、それより速く、誰かが割り込んできた。

「半蔵」

聞いただけで背筋が凍るような冷たい声。ミラの前に立ったのは、先程飯島を指していた長身の女性だ。改めて見ると、肌が異様に白い。

「な、なんだよボス、ちょっとテンション上がっただけ」

彼の言葉を最後まで聞くことなく、女性は長い脚で半蔵の顔を蹴り上げた。

「グアッ⁉」

巨体がわずかに宙に浮き、崩れ落ちる。倒れ伏した半蔵をヒールで踏みながら、女性は他の参加者を見回した。

「お見苦しいものを、大変失礼しました。お詫びいたします。彼の言動は我々の総意とは一部異なるものです。今後は慎ませます」

「……なんなんですか、あなたは」

展開に頭が追いつかない僕は、思わず聞いてしまう。女性は半蔵を踏みつけにしたまま、僕を見下ろして答えた。

「私は大門サクラ。警察です。半蔵モンヂ・平川ホウゾウ・乾イヴァン……そして、桔梗ユカリとともに、我々警察はこのテストから国民を保護するために潜入しました」

桔梗ユカリ。その名前を聞いて、僕の心臓が跳ねる。

「我々は国民の保護を最優先に行動します。半蔵の言動は任務の遂行のためとはいえ、過度に他の参加者を侮辱するものでした。我々の総意ではありません。改めて謝罪いたします」

淡々と、整った唇で、原稿でも読み上げるように告げる大門サクラ。

「け、警察が来てくれた！」

「リリたち、おうちに帰れるの⁉」

僕らとQ、そして警察と名乗った四人以外の生き残りが色めきたつ。色黒の青年、禅寺ゼンジロウと、双子の子ども、二荒山リリとララ。もう参加者もだいぶ少なくなってしまったが、そのうち四人が同じ組織の人間だったとは。

「ええ、私たちは全力を尽くします」

サクラはにっこりと笑った。人を安心させるために最適化された笑み。これも警察のスキルなのだろうか。

「……国民の保護とかいう割りに、ずいぶん容赦なく殺したよね。宮本さんとは、クイズで対戦したかったのに……」

恨めしそうなQの言葉に、サクラは返す。

「未(いま)だにここから脱出する目途が立っておらず、クイズが続いているのは我々の力不足です。そして、あなたをまだ野放しにしていることも」

「……どういう意味？」

Qの質問に答えず、彼女は僕ら残りの参加者を見回した。

「皆さん！」

空間が、びりっと揺れるような大音声だ。

「我々は、この理不尽なクイズの裏で調査を行い、脱出のプランを立ててきました。皆さんには、ぜひとも協力していただきたい！　共にこのデスゲームから生還するためには……」

サクラと、目が合った。

「クイズ王Qと、『アンサー』を排除しなければならないのです！」

Q3

「囲碁で石を打っても陣地が増えない場所」を語源とする、無駄なこと・価値がないことを意味する言葉は何？

◆

東京、警視庁。会議室の一つに、とある部署のメンバーが集められていた。

「平川サン、まだくたばってなかったんですね」

「フン、相変わらず口の利き方がなってないな」

「半蔵さん平川さん、お久しぶりっすー！　あ、乾さんも！」

「……うん」

半蔵モンヂ、平川ホウゾウ、桔梗ユカリ、乾イヴァン。年齢も性別も様々な四人の前に、彼らのリーダーがやってくる。四人はそろって敬礼した。

「楽にしてかまいません」

リーダーは敬礼を返してから、部下たちに告げる。パンツスーツの女。長身にヒールを履いているので、巨漢の半蔵と同じぐらいの身長に見える。

「今回の件、何か聞いている方はいますか」

「何も。まあ、ウチらが呼ばれたってことは、まともな事件じゃないんっすよね？」

リーダー……大門サクラの問いかけに、桔梗が答え、他の三人も同様に首を振った。

「では、簡潔に。今回の我々の任務は、『デスゲームへの参加と、参加者の保護』です」

「はぁ？　ボス、マジでいってんの？」

「……サクラがマジじゃなかったこと、ある？」

疑いの声をあげる半蔵に、乾が短く反論した。

「続けます。現在、名古屋(なごや)、大阪、札幌などの都心部を中心に、突然人が消える事件が立て続けに起こっています。そして先日、初めて警察関係者……M市の交番に勤務する巡査が被害にあいました。大規模な捜索が行われる中、無線機から届いた通信の内容が、これです」

サクラは話しながらラップトップを広げ、音声ファイルを再生した。

『や、やっと繋(つな)がった！　こちら野田(のだ)です！　今、どこかわからない場所に急に連れてこられ……負けたら死ぬゲームをやらされています！　ふざけていません、信じてください！　オラクルとかいうわけのわからないヤツに言われて、他の二十人ぐらいの人と……もう八人は死んでしまいました。今は脱出の方法を探していますが、ゲームを抜け出しているのでいつまで持つか……今までの行方不明者も、おそらくこの（悲鳴や怒号が聞こえる）ああ、また一人殺されたのか……！　ともかく、悪意のある意味のわからない何かに拉致されているんです！　あとは……そうだ、やらされてるのは、早押しクイズです。クイズで負けた人から殺されています……助けてっ、助けてください！　俺はこんなところで誰かを殺したくもないし、死にたくも（何かが弾けるような音が聞こえる）』

音声の再生が終わると、会議室に沈黙が流れる。

「……調査の結果、野田巡査が勤務中に行方不明になったのと同時刻に、M市の同じ地域から他に二十五人の行方不明者が出ていました。また、無線の送信元の場所は貯水池の中で、二十六人の人間を収容できる空間はなかったそうです」

「つまり、何か？」

平川が頭をかきながら、苦々しげに言った。

「そのオラクルとかいう宇宙人か何かが、人間を謎の空間に拉致して早押しクイズをやらせ、負けたやつから殺している……ってことか？」

「相違ありません。宇宙人かどうかは、これから我々が探るべきことの一つです」

サクラは資料を全員に配り、受け取った者から会議室を後にしはじめた。

「まったく……またワケのわからねえことに……許せねえな、毎度毎度ヒトをオモチャかなんかだと」

「平川さん、今回は宇宙人じゃないかもしれないんですって。野良の超能力者か、上位存在のイタズラかも」

「……そっちのパターンも、大変」

「ウチは無線の発信源と拉致されている地域の分析から手をつければいいっすか？

三年前の京都連続神隠し事件が参考になるかな……」

「パソコンは桔梗ちゃんのほうでやってくれ、俺は現場をあたる。半蔵、ついてこい」

「えー、ここ駅からクソ遠い……歩きはゴメンですよ」

会議室には、乾とサクラだけが残った。

「……僕は、どうすればいい」

「あなただけは私の指示を待ってくれるんですね、イヴァン」

乾には、サクラが苦笑したように見えた。他の者が見ても、そのわずかな変化はわからないだろう。

「ついてきてください。『オラクル』という謎の存在について、調べます。いかなる超常の存在にも、国民を好きにさせるわけにはいきません。国民を守ることが我々の使命です」

国民には秘匿されているが、古来、日本では人知を超えた事件が頻繁に起こっている。人が突然消える、どこか知らない場所から帰れなくなる、急に別人になったように性格が変わる……そうした不可解な事件は、神や化け物の仕業であるとされていた。

現代でも、事件は依然起こっている。怪力乱神の語が人々の口に上らないだけで、「宇宙人によるアブダクション」「都市伝説の現実化」「異常物体の収容違反」「超能力犯罪」などとして、国民は脅威にさらされ続けている。

そして、そうした人知を超えた事件に対応するための組織もまた、存在する。古くは「陰陽寮（おんみょうりょう）」、新しくは「神祇省（じんぎしょう）」——名前を変えながら、彼らは時の朝廷や政府に仕え、日本全国の事件に立ち向かってきた。

理外の脅威から、国民を守る。その使命のために、彼らは今、警察組織の中に存在している。

常識を超え法を逸脱する事件を担当する警察官たち。それが彼ら、大門班の正体だった。

◆

現在、生き残っている参加者は十一人。

僕とミラとマイカ。Q。大門サクラ以下警察を名乗る四人。双子の子供、リリとララ。それに禅寺ゼンジロウ。この十一人だ。最初は二十六人いた参加者も、ここまで減ってしまった。

開示されている能力も増えた。

Answer　…クイズの答えがわかる。
BAN　…指定した参加者の能力を一定時間無効にする。
Counter　…他の参加者がボタンを押す行動を予知し、その前にボタンを押すことができる。
Detective　…クイズや能力に関する情報以外を、任意に聞き出すことができる。
Erase　…クイズの問題文や選択肢の一部を非表示にできる。

Fifty-Fifty …クイズを二択扱いで解答できる。
Genre …問題の出題ジャンルを変更できる。
Horoscope …ラウンドに一回、参加者のうち一人の能力を知ることができる。
Immortal …指摘によって死なない。
Judge …能力の処理やクイズの詳細なルールについて、正確な情報を得ることができる。
Knight …ラウンド不参加時、参加者一人を選び、死亡しないようにできる。
Loop …死亡したとき、クイズをやり直すことができる。
Medium …死んだ参加者の能力がわかる。
Negotiation…ラウンドへの参加やクイズの得点を、交渉により変更できる。
Overwrite …公開されている能力情報のうちひとつを書き換えられる。
Phone …スマホを持ち込むことができる。

このうち、『イレイズ』・『カウンター』・『フォーン』、そして公開されてはいないが『ストップ』はすでにいないことがわかっている。そして、前のラウンドの挙動から、警察の四人のうち誰かが『ＢＡＮ』であることも。これは全員が知っている情報だ。
また、おそらく『ジャンル』は、もういない。

僕だけが知っている情報は、僕が『アンサー』であること、ミラが『テレパス』であること、そしておそらくマイカは『ホロスコープ』であること。


「我々のプランは単純です。最初に誰かが言っていた必勝法に近いかもしれません」

ラウンドの合間、サクラが僕たち――僕・ミラ・マイカを呼び出して話し始めた。

周囲に他の警察を名乗るメンバーはいない。

「端的に言って、『時間稼ぎをして、助けを待つ』。それが我々の主な脱出プランです」

「そ、その……本当に助けなんて来るんですか？」

「来ます」

不安そうなマイカに、サクラが断言する。

「これを見てください」

サクラが取り出したのは、スマホだった。

「えっ⁉　うそっ、なんで？」

「桔梗の能力『フォーン』は、スマートフォンを持ち込める能力です。そこに個数制限はなかったようです。桔梗はこういうのが好きで、常に五、六台のスマホを持ち歩いていいましたから、我々には全員分のスマートフォンがあります。そして、ここ」

あっけにとられる僕ら三人をよそに、サクラは画面を指さした。

「電波が通じています。普段通りインターネットにアクセスできますし、電話もできます」

「そ、そうか……画像検索ができたのも、そういうわけか」

僕は桔梗たちと対戦したラウンドを思い返していた。スマホが持ち込めるだけでは画像検索はできないだろう。

「私達の普通のスマホで、電波が通じる……ということは、ここは私達の住んでいる場所や時間と同一であるということです。空腹感や排泄欲がないので、何らかの影響で外部と時間がずれているのかも、とも思っていましたが、そうではない。私達は、現代日本のどこかに、隔離されている。これは確かです」

なかなか衝撃的な情報だった。僕らはそんなこと考えている余裕もなかったし、オラクルの超能力や、この無限に広がっていそうな空間を見たせいで、異空間に閉じ込められているものだと、なんとなく思っていた。

「私達は外部と連絡が取れています。位置の座標もすでに送付済です。ですから、いずれ助けに来るはずです」

サクラの表情は変化に乏しいが、言葉は自信にあふれていた。なにより、スマホという、僕たちの日常に結びつくものが……そして、ネットという連絡手段を見せられ、僕は彼女の話を信じたくなった。

「あんたがマジで言ってるのはわかった。けどよ、三つ気に入らねえところがある」

ミラがピンクの髪をいじりながら、サクラを睨んだ。

「一つ。なんで今まで黙ってたんだ？　もっと早くこうしていれば、死なななくてすんだヤツだって、殺さなくてすんだヤツだっていただろ！」

「……それについては、申し訳なく思っています。私達も、守るべき国民を……ゲームの結果とはいえ、手にかけてしまったことは、重く受け止めています」

サクラは目を伏せてから、周囲を見回し、おそらくQの姿がないことを確認してから、続けた。もしかしたら他の警察の人は、別のところでQに同じような話をしているのかもしれない。

「今まで動けなかったのは、人数が多く不確定要素が多かったからです。特に、Qの行動と卓越したクイズ力、カリスマ性は脅威でした。Qの党派が先程のラウンドでいなくなり、彼以外の全員に協力を持ちかけられるようになって、初めて表立って動くことができました」

「機会を窺ってたってわけか」

「さ、最初のほうとか、みんなものすごく混乱してましたし、話を聞ける状態じゃなかったと思います……」

　これも一応、筋は通る内容だ。自分たちだけ有利な情報を摑んでいたのだから、もっとなんとかできなかったのか、と思いはするが、さらなる恐慌を招いただけのような気もする。ミラは続ける。

「二つ。そのプランでなんで『アンサー』とQを倒す必要がある？　あんたのいう『守るべき国民』に入らねえのか？」

　サクラは少し考えてから、声を潜めて返した。

「おそらく、あなたの気に入らない三つ目は、『待っているだけってのが気に食わない』ですよね」

「……？　まあ、そうだけど」

「でしたら、これはその両方の答えになるでしょう」

　サクラは僕らに顔を寄せ、周囲の視線を窺う。

「……私達は、この『テスト』がオラクルによって仕組まれた『人狼ゲーム』だと考えています。そして、Qと『アンサー』、そのどちらか、あるいは両方が『人狼』、つまり我々を全員殺すことが勝利条件の、オラクル側の参加者だと考えています。だから、排除しなければならないのです」

「人狼ゲーム？」

　聞いたことのない単語に、僕はオウム返しをしてしまう。

「YouTuberがやってるの見たことあるぜ。ええと、たしか……人狼と村人がいて……」

ミラが説明しようとして、できなかったので、マイカが後をひきとった。

「プレイヤーが村人チームと人狼チームに分かれて行う会話ゲームです。村人の中に人狼が数人紛れ込んでいて、人狼は一ターンに一回、村人を食べて殺します。そのあと、村人は議論して、自分たちの中で誰が人狼なのかを探し出し、その人を処刑するんです。その結果人狼がいなくなれば村人の勝ち、村人を全員食べてしまえる状況になったら人狼の勝ち、というゲームです」

「そう、それ。それがなんで今回のテストと関係があるの？」

サクラが示したのは、掲示されつづけている『異能力』の表だ。

『占い師（ホロスコープ）』『騎士（ナイト）』『霊媒（メディウム）』……どれも人狼ゲームの役職です。他の『異能力』が直接的に名付けられているのに対して、これらは少し回りくどいネーミングです」

改めてみてみると、確かにそうだ。『アンサー』『ジャンル』のような直球でないのは、浮いているように見える。

「もう一つ、私が根拠としているのは……『アンサー』を見つけ出す方法です。人狼ゲームには人狼しか知らない情報があります。誰が人狼か、誰が誰を食ったか等、村人なら知らないはずのことを知っている。それが人狼をあぶりだすカギになります」

「……知っているものを知らないふりをすると、どこかで齟齬が出ると？」

サクラはうなずいた。

『アンサー』も同じです。知らないはずのクイズの答えを知っていて、私たちはそれを根拠に見抜くことができる……そして、処刑をする方法も与えられている。このテストは、意図的に人狼ゲームに似せられているのだと、私は思います」

「じゃあ、やっぱり私たち村人は、協力しないといけなかったんですね」

マイカは表情を曇らせながら呟く。最初から参加者全員が協力できていれば、こんなことにはなっていなかったのだろうか。

「あれ、でも」

そんなことを考えていると、マイカが何かを思い出したようだった。

「人狼ゲームって、人狼チームは人狼だけじゃなかったですよね」

「どういうこと？」

「はい。汀さんの言うとおり、人狼ゲームにおいて、人狼側には『狂人』という役職があります。これは、人狼でないのに、人狼が勝つと勝利する役職です」

「つまり、それになぞらえると『アンサー』が人狼、Qが狂人だと？」

「そうでないと、Qのあの言動は説明がつかないように思います」

サクラはそう言ったが、僕はそれには賛同できなかった。おそらく、だが……Qは本当に、クイズがやりたい、クイズが楽しいとしか考えていない。それがこの状況下では狂人のように見えるだけで。

【ラウンド11を開始します】

オラクルのアナウンスが響いた。

「あたしだ」

ミラが呼び出され、僕と『テレパス』の回線がつながる。眼の前にサクラがいるので、バレないかとかなり心配だったが、ミラはおかまいなしだった。

「お二人は仲がいいですね」

サクラが何気なく言ったので、僕は「いやあ、別に」と謙遜(けんそん)しそうになったが、

「私は、お二人のどちらかが『アンサー』ではないかと思っています」

すぐにその言葉を飲み込むことになった。

（まさかバレてるんじゃないだろうな？）

（違う……と思いたいし、バレていたとしても、この人たちはまだ『能力指摘』はしてこないだろう。なぜなら……）

「でも、それは今は関係ありません。あなたが『アンサー』だとしたら、『異能力』なしで同じ結果を出してくるQは天敵のはず。その点、私達の利害は一致しています。

ですから、今は。Qを倒した後はわかりませんが」

Qを倒した後、僕を倒しに来る。僕とミラのどちらが『アンサー』なのか、その確定的な情報を集めるために、監視しておきたいということか。

「協力しましょう。しない理由はないですよね？」

サクラは微笑んだが、その目が笑っているはずもなかった。

（こええな、このヒト）

ミラの心の声が聞こえる。僕も同感だった。僕らが思いもよらなかったところまで、このデスゲームを解体している。

「……ごめんなさい。私、怖がらせてしまったでしょうか」

そんな僕らの心情を読み取ったのか、サクラは少し寂しげな表情をした。

「こういったデスゲームには慣れていまして。過去に二十回ほど生還しているものですから。少しズレていても、ご容赦ください。その分、皆さんは確実に守ってみせます」

ミラを先頭に、僕らは会場に向かう。ラウンド11からは通常の早押しクイズに戻ったようだ。

解答席にはミラと、警察を名乗った四人のうち一人、乾イヴァン……日本人離れした俳優みたいなイケメンだ……の二人がついた。しかし、最後の一人が来ない。

「ララちゃん、どうしたのかなあ……」

席を見ている僕の隣で、禅寺が不安そうな顔をした。彼はたしか、あの双子とよくいっしょにいた青年だ。

「あ、あの、みなさん、ララを見てませんか？ リリ、さっきから捜してるんだけど、ずっと見つからなくって……」

双子の片割れ、二荒山リリが半泣きで僕らに聞くが、僕らは首を横にふるしかない。

クイズの開始の時間が迫る、その時。

「きゃあああああああっ!!」

「マイカ!?」

マイカの悲鳴が聞こえた。声のほうを振り向けば、先程の休憩のときに出現した個室区画への入り口で、マイカが腰を抜かしている。

（ちょっと見てくる）

僕はミラに言ってから、駆け出す。それを半蔵が追い抜いた。体格のわりにものすごい速さだ。

「……悪い予感がしてみりゃあよぉ～。こいつは最悪だ」

半蔵の大きく分厚い手が、僕の視界を遮った。

「な、何するんだ！」

「ガキが見るもんじゃねえ、一生夢に出んぞ」

それでも、彼の太い指の隙間から、その光景の一部が、見えてしまった。

無惨に殺された、二荒山ララの姿が。


【ラウンド11。二荒山ララの死亡により、デスペナルティなし】

オラクルのアナウンスはいつもと変わらない調子だったが、僕たちの間では完全に事情が変わっていた。

「あの双子の一人が殺されてたって……？　殺されたって、普通に？」

「うん。『能力指摘』とかクイズで殺されたんじゃない。誰かの手によって、殺されていた……らしい。僕も詳しくは見てないんだけど」

僕はミラに答えながら、遠くから規制線（どこから持ってきたんだ？）が張られた個室区画を見ていた。

「な、なんですかそれ……！」

「つまりよ……マジの殺人鬼が俺たちの中にいるってことかよ⁉　最悪じゃねえか」

ミラが舌打ちをした。本物の殺人鬼、しかも子供を手にかけるようなやつだ。そんなやつが、この十一人……今となっては十人に減ってしまった参加者の中にいる。

　僕の視点では、僕とミラとマイカ、サクラはもちろん違う。四人いっしょに行動していたので、僕の視点ではアリバイがある。動機や状況から見て怪しいのは……。

「……だめだ、情報が少なすぎるし、証言を確認する方法がない。推理なんかムリだ」

　僕は歯噛みした。クイズの中での出し抜き合い、『異能力』の読み合いであれば、クイズの中での行動が根拠になる。でも、ただ殺されたのでは、僕には何もわからない。

「クソっ、こんなことがあっていいのかよ！　おい、オラクルとやらは何してんだ！　殺人鬼がいてテストもデスゲームもあるかよ！　聞いてんのか！」

　ミラが叫ぶが、答えは返ってこない。

「……落ち着いて、騒がないで」

　そんな僕らの様子を見ていた青年が近づいてくる。乾イヴァン、警察を名乗った四人の一人で、サクラの部下だ。

「こんな状況で落ち着いてなんていられるかよ！」

「……良くない。暴れるなら、落ち着かせることになる。強制的に」

　イヴァンの言葉は少ないが、脅迫には十分だった。ミラはそれ以上の言葉を飲み込む。

「そ、そうだ、この人たち、警察官なんだ……人を殺してオラクルが何もしてこないなら、どれだけ暴力を振るっても問題ないわけで……」

マイカが恐怖の表情でイヴァンを見た。

「……うん。でもそれは最後の手段。君たちは、僕らが守る。だから、大人しく従って」

有無を言わせない迫力があった。強制する言葉に、肉体的な強さの裏付けがある。普段ならその強さが頼もしいが、クイズもデスゲームも関係ない暴力がまかり通ってしまった今、彼らには従う他ない。

「なんでこんなことに……ちゃんとデスゲームをさせる気があるなら、それ以外で危害を加えられないようになっているべきじゃないの？」

「あたしにもわかんねえよ……何もわかんねえよ。殺人鬼の気持ちも、オラクルのやりたいことも な」

僕らは無言になってしまう。警察の四人によって、他の参加者たちも同じように協力を強いられているようだった。唯一マシなのは、殺人鬼の方も同じように監視され動けない状態にあるということだ。

そこまで考えて、僕は気づく。

（この状況は、警察の四人にとって都合が良すぎる。暴力で従わせることが正当性を持ってしまっている。まさか、自作自演しているのか？）

僕はサクラのことを思い出す。彼女は国民を守ると言っていた。人が死んでいることに、本当に悔しそうだった。それが嘘であるとは思いたくない。

（そういや、あいつ……）

考えているところに、ミラが割り込んできた。『テレパス』の回線がつながったままだったのが幸いだった。

（半蔵とかいうデブを蹴ったりしてたよな。あれで、暴力になんかのペナルティがないかを確認してたのか？）

マイカがさっき言っていたように、暴力を振るうことには何か制限があってもおかしくない。本格的に動き出す前にそれを探っていたとすれば、辻褄は合う。合ってほしくはないが。

【ラウンド12を開始します】

何も答えなかったオラクルの声が、無情にラウンドの進行を宣言した。参加者は、禅寺・サクラ・半蔵。僕の視点からだと、あまり情報がなく殺人鬼の可能性がある禅寺、そして殺人鬼の自作自演をしているかもしれない警察の二人が、解答席に上がる。

はずだった。

「半蔵。応答しなさい。不戦敗になりますよ」

解答席にあらわれたのはサクラだけだった。半蔵と禅寺が来ない。サクラはスマホを耳に当てて呼び出しているようだ。

「イヴァン、半蔵は禅寺を監視していましたね。彼らはどこに？」

「……今捜しています。半蔵は少林寺の有段者ですから、たとえ禅寺が犯人でも、簡単に殺されることはないかと思いますが……」

平川と乾が周囲を見回し始めた時。

ピンポーン！

正解音が響いた。まだクイズが始まってもいないのに。

そしてその直後、なにかが弾けるような音が聞こえる。

「まさか！」

僕は思わず立ち上がる。この二つの音が表すのは、『能力指摘』の正答。そして、誰かが死んだこと。

張られた規制線の向こう、すでに死体が一つある部屋から、どさっ、と何かが倒れる音がした。乾が急いで確認に向かうが、僕らは彼より早く真相を知ることになった。

【ラウンド12。半蔵モンヂの死亡により、デスペナルティなし】

空気がさらに張り詰める。

「……サクラ、もう猶予がない。半蔵は『能力指摘』で殺されたんだ。我々の『異能力』がどこからかバレているおそれがある」

乾が拳銃を持ったまま、僕たち生き残りの参加者の前に戻ってきた。

「そうですね。苦しいですが、皆さんを無力化させてもらいます」

サクラの声が聞こえるのが早いか、体に衝撃が走る。みぞおちを殴られたようだ。

「やめろっ！　てめえっグううっ！」

「悪いな、嬢ちゃん」

平川が手錠のようなものでミラを拘束する。サクラも僕に同じようにしようとしてきたが、僕は体をよじってなんとか逃げ出す。

痛みと吐き気でうまく動けない。這って逃げようとするが、サクラがすばやく僕を取り押さえる。背中にサクラの体重がかかり、関節が極っているのか動くことができない。視界の端に、他の参加者……Qが平川に、マイカとリリが乾に拘束されているのが映る。

「っぐ、大門さん！　やめてください！　僕らに何かできたと思いますか⁉」

「わかりません。考えている間に動かれては困るので、推理は無力化したあとにさせてもらいます」

もともと抑揚の少なかったサクラの声は、さらに冷徹に響いた。

「僕じゃない！　信じてください！　ぐうっ……！」

「桔梗を殺した時みたいに、探偵のマネごとでもするつもりですか。誰がやったというんですか？」

僕とマイカとミラは当然違う。リリには双子の片割れを殺す動機がないだろう。

「禅寺っ、あの男が」

僕の口をついて出たのは、禅寺ゼンジロウの名前だった。Qが人を殺すとは思えなかったのだ。そんなことをしては、クイズができる回数が減るかもしれない。だから、やる理由がない。

「禅寺ですか。彼も死んでいました」

「なっ……⁉」

「死体は二つあったんです。頭部が破裂した、半蔵と禅寺の死体。あなたの言うように禅寺が犯人であれば、半蔵は相打ちになったのでしょう。そしてこの後殺人は起こらないはずです」

半蔵が怪しい動きをする禅寺を見つけ、同時に互いの能力を指摘したというのか。

「その時はこの拘束を謝罪もしましょう。賠償もしましょう。ですが、今は生きている全員を無力化するのが先決です。あなたほど頭がいいなら理解していただけますね？」

口がふさがれ、背中でがちゃがちゃと音がする。僕にも手錠がかかろうとしているようだ。


【ラウンド13を開始します。参加者は――】

相変わらず全く変わらない調子のアナウンスに、僕は怒りさえ覚える。もうクイズができる状況ではないのに、ラウンドも何もあるものか！

「……サクラ、こちらは完了した。あとは」


ピンポーン！

また間の抜けた正解音と、何かが弾ける音がして、乾の声が途切れる。

「いやあああっ!!」

リリの甲高い悲鳴が聞こえる。床に押さえ込まれた僕は周囲の状況を把握することができない。

（ミラっ！　どうなってるんだ⁉）

（わからねえ！　乾の頭が爆発した！　誰も何もしてないのに！）

【ラウンド13。乾イヴァンの死亡により、デスペナルティなし】

「……くっ！」

サクラは僕の拘束をやめる。僕が手も口も動かせない状況で、『能力指摘』が発生してしまったからだろう。拳銃を構えて周囲を警戒しはじめた。

僕は痛む体を起こし、ようやく状況を確認する。

地獄のような光景が広がっていた。

手錠をされ床に転がされたミラ。顔に血飛沫がついている。その正面には、乾の顔が破裂した死体がある。リリが大泣きしている。平川がサクラと背中合わせで拳銃を周囲に向けている。先程のラウンドで推理を見せた時とは全く違う、張り詰めて敵意を剝き出しにした表情だ。

「誰だっ‼　誰がやっていやがるっ‼」

吠えるように叫ぶ平川の鬼気迫る様子に、僕は気圧されてしまう。そこから目をそらしたとき、いるはずの人間がいないことに気がついた。

（おい、マイカがいないぞ!?）

ミラからも『テレパス』が飛んできた。確かにマイカの姿が見えない。最後に見たのは、リリと共に乾に拘束されている所だったと思う。

殺された？　逃げた？　あるいは——まさか、マイカが犯人なのか？


【ラウンド14。参加者は、二荒山リリ、汀マイカ、平川】


ピンポーン！

またあの音がした。

「なんっ、ぐ、くそっ！」

平川の頭が歪（いびつ）に膨らみ、破裂する。

「平川っ!!」

サクラの悲鳴が響いた。この十数分の間に、五人も人が死んでしまった。僕は頭がおかしくなりそうだった。

（くそおっ、なんなんだよお!!　どうなってんだよこれ!!）

ミラが泣いている。僕も泣き出したかった。だが、思いついてしまったおぞましい疑念が、それを許さなかった。

マイカが『ホロスコープ』で、能力を暴いて殺している、という疑念だ。

状況的に可能だったのかもわからない。あの臆病(おくびょう)でビビりのマイカにできたとも思えない。それでも、僕はマイカの『異能力』を知っている。だから、それが可能なことがわかってしまう。動機は不明だが、もし彼女がサクラのいう狂人の役割だとしたら——。

（マイカ、どこにいるんだ!?　出てきてくれ、僕の推理が嘘だと、教えてくれ！）

◆

マイカが目を覚ました時、彼女の両腕は手錠で拘束され、大好きな服は血と肉でぐちゃぐちゃになっていた。

（あれ、私、なんで……）

覚えているのは、怖い目つきの乾が襲ってきて、かんたんに手錠をかけられてしまったこと。そしてその後すぐ、正解の音がして、乾の頭が……。

その時の光景を思い出して、マイカは思わず吐き気を覚える。だが、胃の中に何もないのか、吐くことすらできなかった。

「汚いなあ、やめてくれよ」

男の声が聞こえて、マイカは初めて、ここがどこかわからないことに気がついた。もちろん、男が誰なのかもわからない。

「だっ、誰っ、ここどこっ」

「誰って……ああ、暗くて見えない？」

とんとん、とスマホをタップする音とともに、強い光。真っ暗な部屋の中で、懐中電灯代わりにフラッシュを起動したようだ。光に照らされ、持ち主の顔も見える。

「あなたは……禅寺……そうだ！　あの時私を……」

マイカは、警察の面々に拘束されたあとのことを思い出した。ラウンド13の後、ラウンド14の前。乾が指摘殺されて会場内が混乱する中、身動きが取れないマイカの前に、突然禅寺が現れたのだ。警察の誰も禅寺に気づいていないようだったので、声をあげようとしたところ、マイカは禅寺に気絶させられてしまった。

「そう。禅寺ゼンジロウ。まあ、覚えてなくてもいいよ！　俺は今すごくハッピーだからね」

禅寺は楽しげな様子で、個室のドアごしに外を見ていた。ここは彼の個室のようだ。マイカに与えられたものと同じ間取りに見える。

「私、なんでここに？　助けてくれたの？」

「そんなわけないじゃん。なんで俺が助けなきゃいけないの？　むしろ逆だよ。助けるなんてありえない」

マイカの質問に、禅寺の態度が変わる。いらついた声でマイカの体を蹴り飛ばす。

「せっかくのデスゲーム、せっかく人が死ぬのが間近で見られるっていうのにさあ！　なんなのあの警察のやつら。時間稼ぎして誰も死なないように？　ふざけんなって話だよ」

「あ、あなた、何言って……」

「あいつらさえいなければ、ただクイズやってるだけで、間近で頭が爆裂死するのを何度も見られたのにさあ……ま、あのデブはともかく、イケメンをヤったのは爽快だったなあ」

スマホの明かりに反射する禅寺の目は、明らかに正気ではなかった。

「俺が見たいのはデスゲームなんだよ。ヌルいこと言い出したやつらが悪い。俺がちゃんとしたデスゲームに戻してやったんだ。死体を作って、疑いを煽って……で、今やつらは暴力を振るいまくって、なぜか仲間が死んで混乱してる。いい気味だ。だから俺はハッピーなわけ」

つまり、二荒山ララを殺したのも、乾と半蔵を殺したのも……。

「そ、そうだ！　おかしい！　乾さんが言ってた、禅寺は半蔵さんと相打ちに……」

「あっは！　ウケるよね！　あいつらエリートぶってんのに、あんな単純なトリックにひっかかってんの！　顔がブっつぶれた死体に俺の服着せたら、まんまと俺が死んだと思いこんで……まあ、ここには検死できる装備も余裕もないもんな！　うーん、めっちゃハッピー！　思った通りにハマってくれて最高！」

禅寺はふたたび楽しそうに、ケラケラと笑った。マイカは追いつかない頭で考える。

「で、でも顔が潰れた死体なんて……」

死体のすり替えトリック自体はよくある話、彼が言った通り単純なトリックだ。だが、ここにはすり替えられる死体がない。デスペナルティで頭部が破裂した死体は、みんな知らない間にどこかに消えてしまうシステムなのだから。

「いやいや、いくらでもあるよ、死体なんて」

禅寺はそのまま立ち上がり、壁際に歩いていって……照明をつける。


白い光に照らされて、初めて部屋全体の様子が見える。

乱雑に積み重ねられた、頭のない死体たち。これまでに死んだ参加者のものだ。禅寺はそれに座っていたのだ。

いじゃん？」

「なにって。お前ら、死体が勝手に消えてるとおもってたの？　そんなテレビゲームみたいなことあるわけないじゃん。俺が全部回収していたんだよ。だって、もったいないじゃん？」

あまりに異様な光景に、マイカは叫ぶことすらできない。

「……な、にこれ」

◆

こいつらは、全員、頭がおかしい。

禅寺ゼンジロウは、『テスト』の早い段階から、そう思っていた。

大学で授業を受けていた禅寺は、気がつくと謎の空間に囚われていた。そこにいきなり、オラクルを名乗る謎の物体が現れ、負けると死ぬクイズを強制してきた。クイズが始まると、当然のように人が死んだ。

大切な命がカスみたいに雑に消し飛んでいくのは、見ていて気が狂いそうだったが、人はいずれ死んでしまうものだ。天変地異や戦争で、なすすべなく奪われてしまう命というのは、残念ながら存在する。だから、理不尽なルールによって死を強制されること自体は、まだ理解の範疇だった。

そこまでは、まだ、いい。もっと異常なのは、生き残っている参加者たちだ。眼の前で、人が無惨に死んでいるというのに、彼ら・彼女らは、死んだ人のことを顧みず、悼もうとも、手を合わせようともせずに、クイズを攻略する方法を探り始めたのだ。中には、クイズや推理を楽しんでいるように見える者さえいた。

（お前ら、なんでそんなに簡単に、人の死を受け止められるんだ？）

人が死んでしまうことよりも、生き残った参加者の異常な態度に、禅寺は恐怖した。せめて、自分だけは死んでしまった人を悼もうと、安らかに眠ってもらおうと、自身の『異能力』、『ゾーン』で遺体を隠し、個室に運び込んだ。自らの『異能力』がバレないようにするため、自分がやったと名乗り出ることはできなかったが、参加者の誰かが遺体が消えていることに気が付き、死んでしまった人のことを考えてくれればいいと、禅寺は思っていた。

しかし、一人として、参加者たちは遺体が消えたことに疑問を抱かなかった。議論の内容は、ずっとクイズの攻略と『異能力』についてだけだった。

禅寺は、彼ら・彼女らの異常さに怯える心をひた隠しにしながら、そのうちの一人に、勇気を出して聞いた。

「なあ、その……死んでしまった人の遺体がなくなってるの、気にならないか？」

たまたま禅寺の近くに居た、マイカと呼ばれていたロリータ服の女は、きょとんとした顔で答えた。

「そういうものじゃないんですか？　デスゲームなんだし、そういう仕様でもおかしくないでしょ」

ゲームだと？　人がこんなに死んでいるのに、それを単なるゲームだと？　参加者たちに対する怒りと絶望が、禅寺の脳を支配した。


「こいつらは、全員、頭がおかしい……ッ！」

逃げるように自分の個室に戻った禅寺がつぶやくと、暗い部屋の中で何かが光った。

スマートフォンだ。参加者の一人、桔梗ユカリが『異能力』で持ち込んだものだった。そこには、メッセージの通知が表示されていた。

【そうだ。正気なのはお前だけだ。この『テスト』はおかしくなってしまった】

メッセージが自分宛だと、禅寺は気づいた。主催者であるオラクルから、自分へのメッセージだと。

【だからお前が生き残り、脱出しろ。そのための力が、ここにある】

スマートフォンの光を受けて、黒い何かが闇の中に浮かび上がった。それは、桔梗ユカリが密(ひそ)かに携行していた、銃だった。

禅寺は、やるべきことを理解した。自分には、そのための『異能力』も、力もある。やれるのだから、やらなければならない。

「さしずめ、俺は人狼ゲームの『人狼』ってとこか……いいぜ。ゲームだもんな。ゲームだっていうなら、俺が勝つためにどんな仕打ちをされても、『そういうもの』だって納得してくれるよなァ!? 演出してやるよ、望み通りのデスゲームをな！」

「そうだ、危ない危ない。雑談するためにお前をわざわざ連れてきたわけじゃないんだよ」
禅寺の手が、動けないマイカの首に伸びる。
「お前、『ホロスコープ』だろ? QとAの『異能力』、俺に教えろよ。あいつらの顔がブッ飛ぶのが見てえんだよ……Aのほうはともかく、Qはぜんぜん『異能力』バレなそうだし。手で殺してもいいんだけどよ、せっかくだから『能力指摘』で頭ブッ飛ばして殺したい！」
「い、いやだっ！　放してっ」

マイカの細い首が絞められていく。ぎりぎり呼吸ができ、頸椎が折れないぐらいの圧迫。

「うぐううっ」

「これなら喋れるだろ？　ほら、次がラウンド14だ。『ホロスコープ』はラウンド一回なんだろ？　占えよ……占ったら殺さないでやるからよ」

「ほ、ほんとに⁉」

「ああ、死にたくないだろ？　協力したらお前は殺さないでやるって言ってんだよ」

「……わ、わかった、やるから、手……手錠」

「あ？」

「占うのに、手を……」

マイカがなんとか声を絞り出すと、禅寺は絞め付けをゆるめた。

「あー、そういえばそうだっけ。チーム戦のとき見てたけど、そんな感じの動きしてたもんな……ダルいな」

持ち上がっていたマイカの体が床に落とされる。そして直後、ダンッ！　ダンッ！と至近距離で銃声が鳴った。

「ひいっ‼」

「いちいち驚くなよ。あの時お前らが殺した警察の女が持ってたんだよ……ほら、さっさとやれ。次は当てるぞ？」

ごりっ、とマイカの頭に銃口が押し付けられる。

「やりますっ、やりますからあっ」

Aは恩人だ。Aがいなければ自分はこれまで生き残れていない。そんな彼の『異能力』を教えてしまっていいわけがない。

（でも、怖いよぉ、死にたくないよぉっ！　どうすればいいの！……っ!!）

マイカは両手で目を覆い、嗚咽しながら頭を抱える。大きなリボンのついたカチューシャがぐちゃぐちゃになる。

「うるせえな、さっさと結果を言えよ……」

「ひっ！　あ、『アンサー』ですっ！　Aさんが『アンサー』だったんですっ、ほらっ！」

マイカが手を開くと、そこには『アンサー』の頭文字――Aが刻まれていた。

「はははは！　やっぱりあいつが『アンサー』だったか！　まぁちょっと考えればわかるよなあ、これで確実になった。それに……Aのお陰で生き残れたようなグズが、ひっどい顔しながら裏切るところまで見られたからなあ！」

禅寺は心底嬉しそうに哄笑した。

「やっぱこれだよなあデスゲームっつったら！　命を危険にさらされて出る人間の本

性！　暴力に屈するしかない動物っぷり！　なにがクイズだ、クソくらえ！　知識も技術も関係ねえ！　暴力と裏切りが人間の本質なんだよ！」

死体の山に背中をあずけ、げらげら笑い転げる禅寺。マイカは頭を抱え、震えるしかできない。

【ラウンド14を開始します。参加者は――】

個室にもアナウンスが響く。

「あっははは……もうそんな時間か。はいはい『能力指摘』、平川は……えーっと、『クオーター』。はい爆殺」

スマホを見ながら、禅寺が片手間に『能力指摘』を行う。スマホは警察の……桔梗の死体から奪ったと言っていたから、彼らのメッセージやメモが残っていたのだろう。

ピンポーン！　といういつもの正解音とともに、遠くで何かが弾ける音がする。

【ラウンド14。平川ホウゾウの死亡により、デスペナルティなし】

「うーん、間近で見られないのは残念だけど、こうして絶対に安全な場所から爆殺するのはそれはそれで面白いよなあ。あっちはまさか俺がヤってるとは思わないで混乱してんだろうなあ！」

禅寺はスマホを置き、再びマイカに向き直った。銃口を彼女の眉間に向け、押し付ける。

「次はQを占え。さっさとしろ」

「も、もうやりましたっ！　ほら、これっ、Lですっ、『ロック』ですっ」

マイカのもう片方の手には、Lの文字がくっきり刻まれている。

「……は？　Lは『ループ』だろうが。何いってんだお前」

「わ、私だってわかんないですよぉ!!　でもウソじゃないんですぅ!!」

マイカはぼろぼろ泣きながら禅寺の足にすがりついた。禅寺はそれを蹴り飛ばすが、なおもマイカはすがりつく。

「ここでウソついてなんになるんですかあ!!　ホントなんですっうううっ!!　あの表のほうがおかしいんですよぉっ!!」

マイカの言葉に、今にも引き金を引きそうになっていた指が止まった。

「……そうか、『オーバーライト』か……あの能力が表に残ってる事自体おかしいんだ。もし自分が『オーバーライト』だったら、自分の『異能力』を上書きしてまず存在を隠すはず……あー、Qの取り巻きにいたあのババアが……ククク、面白いことが聞けた……」

「そ、そうですっ！　これは『ホロスコープ』じゃないとわからなかったことですよねえっ！」

「そうだな、お前のおかげで、油断ブッこいてるQを『能力指摘』で殺せるなんて……！　お前のおかげで楽しいことになりそうだなあ！」

禅寺が愉快そうな表情を見せ、銃口をマイカからどける。

「ね、私、助けてくれるんですよねっ！　も、戻ってもいいですかっ、あなたに匿ってもらってたって言えばいいですよねっ！」

マイカはひきつった笑顔で禅寺を見上げる。禅寺もにっこりと笑って、

「ウソにきまってんじゃん。バカじゃねえの？」

ダンッ!!

銃声とともに、マイカの胸に銃弾が突き刺さる。

「あああああああっ!!」

「ぐははははは!!　めっちゃウケる!!　普通に考えて生かしとく意味ねーだろボケが!!　やっぱお前は最後までグズだったな、バカみてーな服きてるだけあるぜ！」

マイカは撃たれた胸をおさえるが、あふれる血が止まるわけもない。銃弾は過たず心臓を貫いていた。

「バカだろお前！　お前が売ったせいで死ぬんだよそいつは！　あーホントにオモロいもん見られたわ……やっぱ人が死ぬのを見るのが一番おもしれえな」

【ラウンド――】

オラクルのアナウンスが遠くに聞こえる。すでに血が抜けすぎて痛みすら感じない。遠のく意識の中、最後の力を振り絞って、マイカは、最後の占いを行う。

マイカは、これまでもラウンドごとに占いを重ね、ひそかに情報を蓄えてきた。特に周りの参加者……AやQ、ミラの『異能力』も、マイカは知っていた。しかし、彼女がその結果を他人に話すことはなかった。情報をどう活かせばいいかわからなかったし、下手なことをすれば、『ホロスコープ』でしか知り得ない情報を知っているのがバレるからだ。人狼ゲームで鉄板の行動は「沈黙」だ。

なぜ自分に、こんな重要な『異能力』が与えられてしまったのだろうか。マイカは占うたびに思った。もっと頭が良ければ、決断力があれば、この『異能力』を上手く使えて、他の人の役に立てたかもしれないのに。どうせヒーローにもヒロインにもなれない無能な自分に、なぜ、と。

でも、今ならわかる。全てはきっと、この男を倒すためだったのだ。禅寺ゼンジロウをこのまま自由にすれば、Aも、ミラも、死んでしまう。主役でなくても、頭が悪くても、グズでも、私がやるしかない。やれるなら、やらなきゃ。

そして、やるだけのことはやった。あとは悔しいが、祈ることしかできない。

「Aさん……生き残って……」

ラスボスを前に散る脇役の最後の仕事は、主人公にメッセージを残すことだ。受け取って、伝わってくれることを、祈っておこう。

マイカは、Aの『異能力』を占った。

◆

ラウンド14までが終わり、会場にはたくさんの血の跡と死体、そして疲弊しきった参加者が残っていた。

サクラがよろよろと立ち上がり、参加者の手錠を解いていく。警察チームの人数が一気に減ってしまった以上、もうサクラたちの脱出計画は不可能だろう。僕も拘束から解放され、やっと周囲を見ることができた。

四人もの人が一気に死んでしまったあと、会場には奇妙な静寂が流れていた。

「A！　無事か？」

ミラが僕に駆け寄ってくる。

「うん……でも、マイカは?」

「あっちにもいなかった。まさか死んじまったんじゃ……」

　それは最悪のケースだ。僕は『異能力』の表を見る。

Answer　…クイズの答えがわかる。
BAN　…指定した参加者の能力を一定時間無効にする。
Counter　…他の参加者がボタンを押す行動を予知し、その前にボタンを押すことができる。
Detective　…クイズや能力に関する情報以外を、任意に聞き出すことができる。
Erase　…クイズの問題文や選択肢の一部を非表示にできる。
Fifty-Fifty　…クイズを2択扱いで解答できる。
Genre　…問題の出題ジャンルを変更できる。
Horoscope　…ラウンドに1回、参加者のうち一人の能力を知ることができる。
Immortal　…指摘によって死なない。
Judge　…能力の処理やクイズの詳細なルールについて、正確な情報を得ることができる。
Knight　…ラウンド不参加時、参加者一人を選び、死亡しないようにできる。

Loop　　　…死亡したとき、クイズをやり直すことができる。
Medium　　…死んだ参加者の能力がわかる。
Negotiation…ラウンドへの参加やクイズの得点を、交渉により変更できる。
Overwrite　…公開されている能力情報のうちひとつを書き換えられる。
Phone　　　…スマホを持ち込むことができる。
Quarter　　…クイズをすべて四択にできる。
Remember…自分の記憶を操作し、経験や知識を正確に引き出すことができる。
Stop　　　…ボタンを押した瞬間、五分間周囲の時間が停止する。
Telepath　…条件を満たした相手と、声を出さずに会話をすることができる。

Phoneまで公開されていたところから、さらに『異能力』の情報が公開されている。

「……四つ？」

だが、その数がおかしい。僕が最後に確認した時から、死んでしまった参加者は、ララ・半蔵・禅寺・乾・平川の五人のはずだ。だとしたら『異能力』も五つ新たに公開されていないとおかしい。そんなことを考えていると、

【ラウンド15。参加者は御巫ミラ、大門サクラ、禅寺ゼンジロウ】

オラクルのアナウンスが流れて、僕はさらに混乱する。

「ぜ、禅寺が生きてる?!」

ぐったりしていたサクラも、顔を上げて目を見開いた。禅寺が死んでいた、と僕に教えたのは彼女なのだから、当然だろう。

「やれやれ、呼ばれちゃったね」

どこからか声がして、禅寺が会場に現れた。服装が変わっているが、間違いなく生きていた。

「あなた、死んだはずじゃ……!? 偽装していた? どうやって、なんのために?!」

サクラは矢継ぎ早に質問する。禅寺は少し迷ってから答えた。

「警察の太った男の人が、俺とマイカちゃんに迫って来て……そしたら、いきなり目の前で死んじゃったんだよ。たぶん、誰かがこっそり『能力指摘』したんだと思う。みんななんかおかしくなってたし、怖かったから偽装をして隠れたんだ。マイカちゃんといっしょに」

「なんでそんな紛らわしい真似を! 本当はあなたが……」

「本物の殺人鬼がいるかもしれない状況でこんなことが起こったら、そうやって疑われるからさ。俺はお前たちのことを信頼していないからね」

「くっ……」

サクラもそれ以上は追及できなかった。あれだけ強引に他の参加者を統制しようとすれば、禅寺のように反応するのも無理はないだろう……もっとも、僕からすれば禅寺も十分怪しいが。

「……マイカはどこに？」

「どこかは言えない……俺の『異能力』に関することだから。でも、無事だよ。寝てるから、クイズで呼ばれたら起こしてくるさ」

禅寺は解答席に向かっていく。禅寺が生きていたことで、死者数と、開示された『異能力』の数は一致した。どうやったのかは知らないが筋は通る。

「よかったな、マイカのやつ生きてるって。あたしも頑張らなきゃ」

ミラが嬉しそうに言って、クイズに向かっていったので、僕もそれ以上追及することはできなかった。

【ラウンド15を開始します】

クイズが通常通りに始まるのも、なんだかひどく久しぶりな気がする。

（ミラ、聞こえるね？　答えは……）

（A、アタシはできるだけ自力でがんばるよ。なんか……Aに頼ってばかりなのも良くない気がするんだ）

僕は驚いたが、バレないように表情を取り繕った。

（あんなふうに、ただ殺されて死ぬよりは、ちゃんとゲームで戦って死ぬほうがまだいい。もちろん、死にたくないから頼るときは頼るけど）

僕がうなずいてみせると、ミラはボタンに指をかけて、問題の読み上げに耳をすませた。部下が四人も死んだサクラも、気丈に前を見据えている。禅寺は無表情だが、心なしかつまらなそうだ。

【問題。正式名は、きゃろらいんちゃろん】

「きゃりーぱみゅぱみゅ！」

ミラが押した。僕が答えを教える前に、良いタイミングで。

（よし！）

（ちゃんと押せてる！　すごいぞミラ！）

（ダテにAたちがクイズやってるのをずっと見てないからな。この調子でいけば……）

次の問題が読み上げられる。

【問題。バネに重りを吊り下げた時、重さとバネの伸びが比例】

ピコーン！　ボタンが点灯する。押したのはサクラだ。

「フックの法則」

正解だ。

「あれ、警察のヒト、俺らを守ってくれるんじゃなかったんですか？　なんで普通に答えてるの？」

禅寺がにやにやしながら、隣の解答席のサクラに言う。サクラは彼のほうを見ないで答える。

「……私は、できるだけ多くの人を守ります。そのためにも、生き残らなければならない。クイズに参加しなければ、私は死に、誰も守れなくなります」

「そのために他の人が死んでもいいってわけ？」

「…………」

サクラは押し黙る。

【問題。三人でじゃんけんをするとき、あ】

「三分の一」

禅寺が難なく押して、正解。三人は1点ずつで並んだ。

「やあ、ひどい目にあったね……」

クイズを横目に見ながら、Qとリリが近づいてきた。Qは自分の腰をさすっている。

最初は大勢で解答席を見上げていた参加者も、今はこれだけになってしまった。

「彼女、よくやってるよ。ボタンの押し方もサマになってるじゃないか」

さすがのQもかなり疲弊しているようで、笑い方に力がこもっていない。

「人数的に、次はまたキミと対決かな。楽しみだよ」

姉か妹を失ったリリの前でそんなことを言うので、僕はQを睨んだ。

「こんな状況になっても、クイズが楽しいとか言っていられるのか？」

「どんな時だって、クイズは楽しいものだよ。ボクからしたら、こんなデスゲームにクイズが使われているということのほうが不可解なくらいにはね」

「……？　どういうことだ？」

「……うん、少ししゃべりすぎたな」

Qは質問に答えず、解答席を見上げた。


【問題。名前に「川」がつく三つの都道府県は、神奈川県、い】

ピコーン！

ミラのボタンが点灯する。

(早くない？　大丈夫？)

(Aが教えてくれただろ、こういうのの答え方……神奈川県と、「い」から始める石川県と……あー、あとは)

ぎりぎりまで時間をつかって、ミラはなんとか思い出した。

「……香川県！」

正解だ。これにはQも感心していた。

「すごいね、けっこう理想的な押し方だ。キミが教えたの？」

「まあ、少し。その後お前が全員にやり方を共有したせいで、あんまり意味はなかったけど」

「そんなことはない。全部必要なことなのさ」

Qの不可解な言葉は気になるが、もともと不可解なところばかりのやつなので、今更気にしても仕方がないのかもしれない。六問目が終わり、全員が二問正解で並ぶ。

【問題。モモンガ、うさぎ、ハチワレな】

「ちいかわ」

サクラが正解してそこから一問抜け出せば、

【問題。魚を右身、左身】

「三枚おろし！」

ミラが取り返し、展開はかなり拮抗（きっこう）している。

（いいぞ！　これなら勝てるんじゃないか？）

ミラから『テレパス』が飛んでくるが、僕はミラの反対側にいる禅寺の反応が気になっていた。八問目で彼は2点、他の二人が3点。次の問題をとらなければ確実に負けるというのに、緊張している様子が一切ない。

【問題。】

九問目が読み上げられる。

【流れが速く激しいことで知られ、松尾芭蕉の】


ピコーン！

解答席のランプが点灯する。押したのは、大門サクラ。

「……最上川」

正解だ。ミラは悔しそうに地団駄を踏む。

（くっそ！　なんでわかるんだよ！）

（『五月雨を集めて早し』ってことか……松尾芭蕉が出た時点で絞られるんだろうな）

（あー、授業もっとマジメに受けときゃよかった……次がラストだから、取らないと負けだ）

そうだ。次をミラが取ればサクラと同点優勝だが、禅寺が取れば彼と同率最下位だ。

「あー、やっぱメンドいな。クイズとか」

投げやりな声が聞こえた。最下位の確定した禅寺が、億劫そうに体を伸ばしている。

そして、何気なくポケットに手をつっこんで、

「んじゃ、これで」

取り出したものをミラに向ける。

それが銃だと一瞬で気づいたのは幸運だった。

「ミラっ！　伏せろ!!」

僕はとっさに叫ぶ。

ダァン!!

銃声が響く。

「ありゃ、外したか」

解答席に銃痕ができていた。ミラは突然のことに、動くことができなかったようだ。今も、迫る自動車の前の猫みたいに立ちすくんでいる。

「おいっ!!　何してるんだ!!」

Qが大声をあげるが、禅寺は全く意に介さない。もう一度ミラを撃とうとする。僕は禅寺を取り押さえようと駆け出すが、間に合わない。

強烈な光が銃口で弾け、もう一度銃声がした。

ダァン!!

「うわっ！」

僕は反射的に目をつぶってしまう。そして、目を開けると——。

「サクラさんっ!!」

銃を構えた禅寺と、ミラの間。大門サクラが、ミラを庇（かば）って銃弾を受けていた。

「……ぐっ、ふ……」

撃たれた腹を押さえながら、サクラは禅寺に近づき、銃を奪い取ろうとする。

「その、銃は、桔梗の……！　どこでっ」

「うわ、力つよっ」

その隙をついて、僕は禅寺に思い切りぶつかった。禅寺は軽く吹き飛ばされ、サクラは銃を奪うのに成功する。

「桔梗のっ……私達の銃を、そんなことに使わせ……」

うわ言のようにつぶやくサクラに、ミラが駆け寄り、必死に傷を押さえようとするが、手が血にまみれるだけだ。

そんな状況とは関係なく、クイズは進んでいく。

【最終問題です。問題。『ダーティハリー』『エクストリーム・ジョブ』『踊る大捜査線』の主人公に共通する職業は何？】

「ミラさん、押して……答えて。あなたは生き残って」

「な、なんでっ」

ミラの腕の中で、サクラは力なく微笑む。

「一人でも、守れて……よかった」

サクラの体を支えたまま、ミラは震える指でボタンを押した。

「警察官」

正解だ。ラウンドが終わる。

【ラウンド15終了。大門サクラ死亡により、デスペナルティなし】

「……ははははは!! 何もしなければ勝てたのに、バカだなあコイツ!!」

禅寺は起き上がり、ミラを見下ろす。

「お前……っ!! いい加減にしろよっ!」

ミラはサクラの体を抱えたまま、涙目で禅寺を睨(にら)みつけた。

「いやーこれは笑うしかないって!! 警官のあいつだけが、暴力で俺に勝てるかもしれなかったのに、勝手に死んでくれた! ラッキーすぎる! もうこれで俺は勝ち確定なわけ! ハッピーだなあこれは! やっぱりクイズなんて茶番、知識も技術もクソくらえ!」

禅寺のけたたましい笑い声が響く中、アナウンスは淡々と次のラウンドを告げる。

【ラウンド16を開始します。参加者は、芦田エイ、天上キュウ、禅寺ゼンジロウ】

「あーハイハイ、やりますやります、不戦敗はヤだからねえ」

ククク、と笑いをこらえながら解答席に再び向かう禅寺。

（……あたしのことはいい。いってきてくれ、A）

ミラに声をかけてから向かおうとした僕に、『テレパス』が飛ぶ。口に出さない言葉でさえ、燃えるような怒りが伝わってきた。

（もう銃は持ってないから、何かしてきたときは、あたしがサクラさんみたく体張って止める）

（わかった……ムリはしないで）

僕はうなずいてから、同じように席に向かう。


大門サクラは、本気でこのふざけたゲームから、僕たちを脱出させようとしていた。結果的に部下を失っても、その姿勢は変わらず、最後まで諦めずに僕たちの命を守った。再三言っていた言葉の通りに。

彼女の部下たちもそうだった。桔梗ユカリは僕と本気でクイズで向き合い、『異能力』のすべてをぶつけて戦った。他の三人も、結果的に暴力に訴えはしたが、このゲームからの脱出に真剣に取り組んでいた。

その覚悟と思いを嘲るのは、許さない。

「Aくん」

解答席に歩を進める僕に、Qが並んだ。

「あの禅寺の余裕、銃以外にもまだ何かあると思った方がいい。汀マイカを人質にとっているとか……油断しないでいこう」

その口調と表情は真剣そのもので、僕は少し驚く。

「一問も取らせるつもりはない。ボクの大好きなクイズを、それに挑んだ人間をバカにするのを、ボクは許さないよ」

Qは長い脚で大股になり、僕を追い抜かして、振り返る。

「行こう、Aくん。ここからはクイズの時間だ」

僕とQは禅寺をはさむ形で席につく。

「一問も取らせない、だって？　ウケるね」

禅寺は僕とQを交互に見て笑った。

「俺が今までなんで生き残れたと思う？　自分で殺し始めたのはちょっと前だぜ。それまでは普通にクイズで勝ってきたんだよ。あそこのガキとつるんでたババアとか、インテリふうのジジイとかも、普通にクイズで倒してきた……そのうえで下らないってつってんだよ」

「面白い冗談だね。どこが下らないっていうんだ？」

Qは禅寺のほうを見ずに言った。

「誰かさんが講釈ぶってくれたおかげで、ゲームとしての攻略法みたいなのも全員がわかったしな。茶番なんだよ、こんなん。知ってるものが出たら解ける、知らなかったら解けない、そんだけだろ」

「仮にキミが、『アンサー』だったとして。それでもボクには勝てないよ。Aくんにもね」

「ふうん……そうかい。じゃ、心底下らねえけどつきあってやるか。お前らが悔しそうな顔で死ぬのを見るのも悪くない」

Aくんにも、という発言が気にかかる。僕はいままで通り、『アンサー』だとバレないように戦うだけだ。


【問題。手の爪に】

ピコーン！

「……ペディキュア」

Qが押して、正解した。速い。禅寺も、一瞬驚いた顔をしていた。

「手の爪に塗る化粧はマニキュアですが、足の爪に塗る化粧は何？　答えはペディキュア……知らなかった？」

口の端を吊り上げて笑うQ。禅寺は答えない。僕は少し胸がすくような気がしたが、負けたら死ぬのは僕も同じであることをすぐに思い出した。ボタンに指をかける。

【問題。『木曽路(きそじ)は】

これは押せる。そう判断した瞬間指が動いていた。ボタンが点灯する。答えは、

「『夜明け前』」

正解音。Qがこちらを見て、うなずいたような気がした。

「たまたま知ってる問題が続いてよかったな?」

禅寺が吐き捨てるように言う。だが、それは違う。この問題が押せたのは、僕が『アンサー』だからではない。

ようやくわかってきた。クイズというものの、奥にあるものが。

【問題。1、1】

「フィボナッチ数列」

僕が答えれば、

【問題。県の鳥はノグチゲラ、県の花はデ】

「……沖縄県」

Qも当然のように返す。

最初は『異能力』か人間離れした『技術』のように思えていたそれも、ここまでのクイズを通して、なんとなくその正体がわかってきた。

「くそ、なんなんだこいつら」

禅寺がいらだたしげにつぶやき、貧乏ゆすりを始めた。


【問題。一二三二年】

「御成敗式目」

【問題。固体がちょ】

「……昇華」

【問題。『ドラゴン桜』、『テ】

「……阿部寛（あべひろし）さん」

【問題。サッカーで一試合にさ】

「ハットトリック」


あっという間に僕とQが四問ずつ正解、残り二問になる。

「さて、知ってれば解ける、んじゃなかったっけ？　どれもそこまで難しい問題じゃなかった気がするけど」

「うるせえな、勝ち誇るんじゃねえよ」

禅寺は首をぐるりと回して、低い声で言った。

「あー、もういいや。このラウンド自体無意味なんだし、とっとと終わらせるか」

「……どういうことだ？」

僕が聞くと、禅寺はにたぁっ、と歯を見せて笑う。

「別に銃がなくたって、お前らはいつでも殺せるんだよ……俺はお前らの『異能力』を知ってるんだからな。占ってもらったんだよ」

「……!!　それは……っ」

今まで意識の外に追い出していた事実。マイカが姿を見せず、行方を知っているのが禅寺だけということ。こんなヤツの手にかかっていたとしたら、マイカが無事なわけはないのだ。それでも、なんとか逃げおおせたのか、隠れているのかと、心の何処かでその事実を直視できないでいた。

「傑作だったぜ、チーム戦のときに助けてもらった相手を裏切った時の顔……お前にも見せてやりたかった……『能力指摘』だ」

禅寺は勝ち誇って、僕を指差す。

「ま、クイズ王のQと違って、ただの一般人のはずのお前が強すぎるのは、最初からおかしかったんだよ。うすうす気づいていたが、マイカに占ってもらってはっきりしたぜ」

そして、宣言する。僕を殺すための言葉を述べる。ミラがなんとか止めようと走ってくるのが、スローモーションのように見える。

「『能力指摘』芦田エイ。お前が『アンサー』だ」

ああ、終わった。マイカが裏切ったとは思いたくないが、銃を持っている男に脅されたら仕方ないだろう。残念だ、最後にこんな負け方をするなんて……。

僕が桔梗たちにしたように、正解音が鳴る。それで終わりだ。

ブッブー。

「……は!?」

間の抜けた不正解の音がして、

「おい、待て、なんかの間違いだろ、なんでっ、このクソっ、あああ!!」

禅寺ゼンジロウの頭が、弾けた。

Q4 『アンサー』は誰？

がらんとした会場に残ったのは、僕、ミラ、Q、リリの四人だけだ。始まったときには二十六人もいた参加者も、ついにこれだけになってしまった。今はラウンド間の休憩時間だが、もう喋る声も聞こえない。

「いろいろ、気になることはあるけどよ……」

最初に口を開いたのはミラだった。

「Aは『アンサー』じゃなかったのか？」

「そう、みたいだ。僕もよくわかっていないんだけど」

「じゃあ、なんで答えがわかったんだよ」

「僕にもわからないよ」

僕は改めて『異能力』の表を見た。

Answer　…クイズの答えがわかる。

BAN　…指定した参加者の能力を一定時間無効にする。

Counter　…他の参加者がボタンを押す行動を予知し、その前にボタンを押すことができる。

Detective　…クイズや能力に関する情報以外を、任意に聞き出すことができる。

Erase　…クイズの問題文や選択肢の一部を非表示にできる。

Fifty-Fifty　…クイズを二択扱いで解答できる。

Genre　…問題の出題ジャンルを変更できる。

Horoscope…ラウンドに一回、参加者のうち一人の能力を知ることができる。

Immortal　…指摘によって死なない。

Judge　…能力の処理やクイズの詳細なルールについて、正確な情報を得ることができる。

Knight　…ラウンド不参加時、参加者一人を選び、死亡しないようにできる。

Loop　…死亡したとき、クイズをやり直すことができる。

Medium　…死んだ参加者の能力がわかる。

Negotiation…ラウンドへの参加やクイズの得点を、交渉により変更できる。

Overwrite　…公開されている能力情報のうちひとつを書き換えられる。

Phone　…スマホを持ち込むことができる。

Quarter　…クイズをすべて四択にできる。
Remember…自分の記憶を操作し、経験や知識を正確に引き出すことができる。
Stop　…ボタンを押した瞬間、五分間周囲の時間が停止する。
Telepath　…条件を満たした相手と、声を出さずに会話をすることができる。
Underdog　…最下位が二人以上いる時、クイズで死なない。
Vale　…能力の対象となった時、それを感知して偽りの結果を返すことができる。

この中に僕の『異能力』があり、しかも『アンサー』ではない。だとすると、一体……。

表をいっしょに見ていたミラが、一行ずつ項目を数え始めた。

「あれ、えーっと……」

「どうしたの？」

「いや、なんか……数が合わない気がして」

確かにそうだ。残りの参加者が四人ということは、死んだ参加者は二十二人。開示されている能力は二十二個。最初に『アンサー』が開示されているのだから、開示されている能力の数は、死んだ参加者の数より一つ多くないとおかしい。

「てことは……マイカが生きてるかもしれねえのか⁉」

「あ、そうか……！　それなら数が合うかも」

だとしたら、マイカはどこに？　僕は周囲を見渡し、規制線が引かれたままの個室エリアを見た。

「おそらく、あそこだろうね。ただ、探しに行くなら覚悟したほうがいい」

「覚悟？」

僕が聞き返すと、Qは真剣な顔をしてうなずく。

「……気づいた？　死体が消えてないこと」

「え、あ……」

今まではいつの間にか消えていた死体が、残っている。サクラの死体も、禅寺の死体も。

「これは、ボクの推測だけど……たぶん、今まで死体が消えてたのは、あの禅寺ってやつが何かしてたんじゃないかと思う。だから、マイカちゃんがどうなっていようと、たくさんの死体があるのは覚悟したほうがいい、って話」

僕はつばを飲み込んだ。

「……でも、行くしかないよ。行こう」

果たして僕たちは、禅寺の部屋に詰まった十五人分の死体を見た。マイカもそのひとつになっていた。ミラはそれを見るなり吐き戻した。

彼女の死体は、胸に大きな血のシミがあった。おそらく銃で撃たれたのだろう。だがその手は、胸の血痕を押さえたままではなく、伸ばした状態になっている。僕はそこに少し違和感を覚えた。

禅寺は、彼女に『ホロスコープ』を使わせたと言っていた。でも、禅寺は能力指摘を間違えた。何があったのか……。ごめんね、と断ってから、その手のひらを見る。

「これは……！」

マイカの右手には確かに『A』と刻まれていた。血の文字で。手のひらにひっかいたようなキズができていて、それがAの形をとっていたのだ。もちろん、これは『ホロスコープ』で出たものではない。

「なるほど、これを『ホロスコープ』の結果だと偽っていたんだね……頭のリボンに入っていた針金でひっかいたのかな」

Qがマイカの死体をのぞきこむ。僕はマイカの頭を抱える仕草を思い出した。フリフリの服の形を整えるために入っていた針金。ここまでしっかりと刻むためには、相当痛い思いをしただろう。

「……『アンサー』って偽ってるってことは、僕の本当の能力を占っていたかもしれない。そうしないと確実に偽ることもできないんだから」

ちらりとQを見る。

「いいよ、見な。彼女がキミ宛に残したダイイングメッセージみたいなものなんだから」

僕はうなずいて、マイカの手から血を拭い……そこに書かれた、僕の『異能力』を見る。ずたずたになっていたマイカの右手には、しっかりと占った能力が残っていた。

『リメンバー（Remember）』。それが僕の本当の能力。「自分の記憶を操作し、経験や知識を正確に引き出すことができる」。これを使えば、例えばずっと前に読んだ本とか、何かのテレビ番組で見ただけの、忘れていた知識を思い出して、クイズに答えることができる。

おそらく、マイカは僕をどこかのタイミングで占い、『アンサー』でないことに気がついたのだろう。Aのキズをつけて禅寺に偽の占い結果を見せたあと、殺されてしまう前にもう一度僕を占って、その結果を残したのだ。

僕は一瞬納得しそうになった。でも、これでは説明のつかないことが多すぎる。そもそも、答えを思い出すには問題文が何を聞いているのか分かる必要がある。問題文を聞く前に答えがわかっていたから、僕は自分の能力が『アンサー』だと思ったのだ。

聞く前の問題という絶対に知らないものを、思い出せるわけがない。

「どういうことなんだ……？」

僕は考え込んでしまう前に、マイカの手をもとに戻し、両の手を重ねてあげた。もしかしたら、もう片方の手には、禅寺が占わせたQの『異能力』が書いてあるかもしれなかったが、あえてそれは見ないようにした。

「終わったかい？　こっちも収穫があった」

Qが後ろから声をかけてきた。その手にはスマホが握られている。真っ黒の業務用然としたスマホは、警察の五人が持っていたものだ。

「おそらく禅寺は、このスマホで共有されていた情報から、警察の人たちの『異能力』を指摘していたんだね……今はロックがかかっちゃってて、開けないけど」

スマホを受け取り、眺めると裏にはテプラで「乾」と貼ってある。

その瞬間、僕の脳内に、全く知らないはずの記憶が呼び起こされた。

『……Aくん。私にもしものことがあったら、彼女を……サクラを頼む。このスマホには、私の調べた情報が記録されている。……少ないが、脱出に役立ててくれ』

乾が僕に話しかけている。これは何だ？

「どうしたの、Aくん」

急にふらついた僕を、Qが訝しげに見る。

「いや……知ってる、かもしれない。解除コードを……」

僕の指が、スマホの暗証番号を入力していく。八ケタのそれを打ち込むと、果たしてロックは解除された。

『……彼女の誕生日なんだ。セキュリティ意識が低いと、一度叱られたことがある』

乾のそんな言葉まで、なぜか「思い出せる」。クイズの答えもそうだ。なぜ知らないはずのことを僕は思い出しているのだろう。

「ふうん……なるほどね」

Qは僕がロックを解除したことに、特別驚きもしない様子だった。

「じゃあ、中身を見てみようよ。何か分かるかもしれない。少なくとも、警察の人たちは『異能力』の情報は共有していたみたいだから」

僕はいくつかアプリを立ち上げてみる。大部分はよくわからない専門的なものだったが、そのうちの一つはただのメモ帳で、乾が調べたであろう調査メモが残っていた。

◆

この内容は、『ジャッジ』の郡司から聞き出した情報です。『ディテクティブ』の効果でウソはつけないので、これらの情報は正しいと思って差し支えありません。

・参加者は二十六人です。
・ここにいるのは、参加者とオラクルだけです。
・『異能力』はオラクルの持つ能力を分けたものです。オラクルはすべての『異能力』が使える生命体で、詳細はわかっていません。
・公正なテストのため、オラクルは参加者にウソをつくことはできません。
・この空間もオラクルの『異能力』で作られたものです。最後の一人になった時、オラクルは空間を消滅させ、残った一人を解放します。

主催者であるオラクルを排除できれば、脱出できるようですが、最初の説明以降オラクルは一度も姿を見せないため、他の方法をとる必要がありそうです。

◆

「そうか……乾は『ディテクティブ』で、脱出方法を探していたのか」

『ディテクティブ』はクイズに関係しない限り、正確な情報を提供させることができる。『ジャッジ』がルールを把握できる能力だから、これも一つの相互作用（コンボ）なのかもしれない。

僕とQが全員に手を合わせてから部屋の外に出ようとすると、ちょうどミラとすれ違いそうになった。

「A、なんかわかったか？」

「うん。マイカが……いろいろ手がかりを残してくれた」

ミラと情報を共有する。Qに聞かれるとまずいかもしれない部分はテレパスで、僕の『異能力』についても伝えた。

「……すげえな、あいつ。あんなビビりの泣き虫だったのに、土壇場で根性ありすぎだろ」

「うん、本当に……ミラも、マイカのことを見に？」

「ああ。でも、マイカの、っていうよりは、ちょっと違うな」

「どういうこと？」

僕が聞き返すと、ミラは覚悟を決めたような表情で言った。

「マイカがほんとに死んでたとしたら、やっぱり開いてる『異能力』の数と、死んだ人の数が合わない。だから、もう一回、死体の数を数えなきゃいけねえと思って」

死体を数えるのは、つらい作業だった。自分がクイズで降した人の死体も、そうでない人の死体もあった。僕とQは部屋に残されたものを、ミラは外で倒れているものの数を数えた。合計で、二十二体の死体があった。

「だとするとやっぱり合わねぇよ。二十二人死んでたら、二十三個『異能力』が見えてるはずなんだよな？」

「うん……どういうことなんだろう」

死体の全員に手を合わせ、部屋を出る。幸い、死体が腐ったりすることはないようだ。僕らの腹が減らないのと同じ理屈かもしれない。

「もしかしたら、何かの『異能力』で二十三個目が伏せられているのかも」

「でも、開いてる中にはそんなのなさそうだしなあ」

ミラと僕が首をひねっていると、

「あの」

小さな声が聞こえた。二荒山リリ。禅寺に双子の姉（ないし妹）を殺された、参加者の一人だ。

「ああ、リリちゃん。どうした？　まだ休憩時間終わってないだろ」

ミラは優しげな口調で、腰をかがめて彼女に目線を合わせる。

「あの……そこに、死んだ人がいるんですよね」

「……ああ」

「その中に、尾辻さんって女の人もいましたか？」

初めて聞く名前だ。ミラも知らなかったようで、僕のことを見上げてきたが、僕は首を横に振ってみせる。

「あ、そうですよね、名前じゃ……えっと、ケーキ屋さんの服をきてた人です」

それなら覚えがあった。パティシエのような白い服を着た女性の死体があったはずだ。そのことを伝えると、リリは泣きそうな顔で言った。

「尾辻さんは……リリたちを守ってくれたんです。同じ年ぐらいの子供がいるからって……」

涙声になっているリリの話を聞くと、尾辻は最初のほうのラウンドで、自ら犠牲になることでリリとララを生かしたということだった。死ぬ前に『オーバーライト』まで使って、能力指摘で殺されないようにもしてくれたと。

「でも、お礼も言えないままで……だから、最後にまた会えたらって……」

「……なあA、その人、連れてこられないか？」

今にも泣きそうなリリを見て、僕はあの死体の山から尾辻という女性のものを引っ張り出してくることにした。断る理由はない。

禅寺が雑に積み上げていたせいで、尾辻の死体を外に出すのはけっこう大変だった。クイズで負けた他の参加者と同じく、頭の無い死体だったが、それでもふくよかな体や腕から人柄が感じられるようだった。

(もう少し、最初から周囲の人のことを見ておくべきだったかもしれない。誰も、ただ死んでいい人なんていなかったんだから)

思わず『テレパス』に乗ってしまったが、ミラからは何も返ってこない。尾辻の死体にすがって泣くリリを、ミラは涙をこらえながら見ていた。

「ありがとうございます。おかげで、最後にお礼が言えました」

しばらくして、リリは泣き腫らした目で僕らに頭を下げた。

「いいって。ていうか、そんな言い方したらお前も死んじゃうみたいだぞ」

「はい、わたしはもういいんです。ララがいないんですから」

ぎょっとするようなことを言うリリを、ミラが抱きしめる。

「そんなこと言うなっ！　えっと、だな、その……」

「あ、いえ、違うんです、ごめんなさい。先にわたしの『異能力』の話をしないといけないんだった」

どうやら家族を殺されて自暴自棄になったわけではないようで、僕は安心したが、彼女が何を言っているのかわからなかった。

「わたし、ララのみがわりなんです。『ダブルキャスト』っていうやつで、ララがクイズに失敗しちゃっても、かわりにわたしがララになって、一回だけ防げる、っていう」

「……？　どういうこと？　双子じゃなかったのか？」

「わたしの本体……つまり二荒山ララには、双子のおねえちゃんのリリがいます。でも、おねえちゃんはこのクイズには来てないんです。ララは、『異能力』のみがわり……つまりわたしに、リリのつもりになるように言って、双子のふりをしていたんです」

つまり、ここにいるのは『異能力』で作った身代わりで、すでに殺されてしまった二荒山ララのほうが、正しい参加者だった、ということか。

「もちろん、みがわり能力がバレちゃったら、本体のララは死んじゃうんですけど……でも、尾辻さんが『オーバーライト』で『異能力』がバレないようにしてくれたので、大丈夫なはずだったんです。それが、あんなことになっちゃって……」

「クイズでも能力指摘でもない方法で殺されちゃったから、身代わりが機能しないまここまで来てしまった、ってことか……」

「はい……だから、わたしはクイズで勝っても意味ないんです」

リリは力なく笑った。

年端もいかない子供が殺されてしまったのは、本当にひどいことだが、これで死体の数と開示能力の数が合わないことは説明がついた。

僕らは死体の数を一つ多く勘違いしていたのだ。実際にはララは死んでしまっているのだが、『ダブルキャスト』の身代わりが生存している状態なので、本体が死んだことによる死亡の置換判定が行われず、システム上は死んでいない扱いになってしまっているのだろう。システム上の死者は二十一人ということになり、開示されている『異能力』の数とも合う。禅寺という殺人者の存在は、想定されていなかったということだ。

僕はミラにそのことを説明した。でも、ミラはまだ何かひっかかっているようだった。

「んー……だとすると……やっぱり数があわないような……」

【休憩時間を終了します】

思考を遮るように、オラクルのアナウンスが響く。今までただの機械音声だと思っていたこれも、倒せば脱出できる相手の声だと思うと理不尽さが更に強く感じられた。

【解答者は、芦田エイ、天上キュウ】

「やあ、やっと直接対決だね」

僕が振り返ると、個室区画から会場へ向かう廊下に、Qが立っていた。会場からの光を後ろから受けて、細長いシルエットが見える。

「ここまで長かった。長かったよ、本当に……」

かつ、かつ、と大きな歩幅で、Qは僕に近づき、手を差し伸べた。

「クイズの時間だ。いい試合にしよう、Aくん」


Qは解答席に向かう途中で足を止めて、僕に言った。

「キミが驚かないように、あらかじめ言っておくんだけどね。ここからは、キミの『異能力』で答えを知ることはできないよ」

「なんでそんなことがわかる？　僕の『異能力』を知っているのか？」

最初から、Qには目を付けられていた。クイズへの理解も卓越している彼には、『異能力』が見抜かれていてもおかしくはないが。

「まず、答えを知っているのはバレバレだったよ。それが『アンサー』かどうかはともかくね」

僕がどう返すべきか迷っていると、Qはあっけらかんとした口調で続けた。

「だってキミ、クイズに答えられても全然喜ばないんだから。クイズに答えられてうれしくないなんて、答えを知っていた時でもないとあり得ないよ」

「……そんなことで？　命がかかっているんだ、喜んでいる暇なんて」

「そんなこと、じゃない。やっぱりキミには、もう少しクイズをわかってもらう必要があるみたいだね」

【ラウンド17を開始します】

「種明かしの続きは、ボクから三問取れたらしてあげる」

思えば、Qは全員の『異能力』について感づいているような印象があった。それにどんなからくりがあるというのだろうか。

僕とQのラウンドが始まる。

Qが言った通り、答えがわからない。少し心細かったが、そんなことを気にしている時間はない。

【問題。相撲の決まり手のうち、攻め込んだ側が、】

ピコーン！

Qのボタンが点灯する。

「……勇み足」

正解音。おそらく、最後まで聞けばわかった問題だ。知っていた知識だ。

「ふふ、悔しいだろう？　どんなクイズでもそうなんだよ。だから、答えられた時は嬉しいものなんだよね」

Qの言う通りだ。今までの僕の戦いは、どうクイズを切り抜けるかが重要だった。

こうして真っ向からクイズに向き合うのは初めてかもしれない。

【問題。『大漁』『こだまでしょうか』『わた】

ここだ。僕はここで押す。押してから、考えをめぐらせる。

「そう、シンキングタイムを使うんだ」

Qがにやりと笑うのを横目に見ながら、僕は頭脳を回転させる。

これは列挙型の問題だ。今までの傾向からして、列挙されるものは後になればなるほど、誰もが知っているものになるはずだ。『こだまでしょうか』は、聞いたことのあるフレーズだ。たしかACのCMで使われていた詩かなにかで……ということは、これは列挙された作品名から作者を問う問題だろう。『わた』から始まる、誰もが知っている詩……教科書か何かに載って——。

「……金子みすゞ」

正解音が響く。よかった。正解だ。最後の一つは、『わたしと小鳥とすずと』。作者は、金子みすゞ。

「いいね！　それだよ！」

Qは心底嬉しそうな顔をした。

今までクイズをやってきたおかげで、平等な条件になってもQに早押しで勝てる。決して無駄ではなかった。僕は再びボタンに指を置く。

【問題。水泳、フェンシ】

これは列挙問題だ、と思った瞬間。

ピコーン！

「近代五種」

Qが正解する。早い。

「まだちょっと難しかったかな。クイズを理解すれば、この速度で押せる……ついて来てね？」

今までで一番楽しそうな顔をしているQだが、手加減する気は全くないらしい。メガネの奥の瞳（ひとみ）が鋭く光る。

【問題。ラッパーのR－指定と】

直感的に押した。知っている単語に体が反応した。シンキングタイムの間に、自分の思いついた答えが正解でない可能性を考えて、排除する。答えが「オールナイトニッポン」や「梅田（うめだ）サイファー」なら、もっと人数が多いから【R－指定や】になるはず。だからこの問題は、二人組ユニットの名前で間違いない。

「Creepy Nuts」

これでいい。

正解音がした。思わず、「よし」と口から漏れる。これは、ならないほうが不自然だ。クイズ経験者には、僕が答えを知っているのがバレるのもムリはない。

【問題。】

ここを取ればリードだ。Qの種明かしも聞ける。

【床に背中をつけながら両足を開き、そのえ】

ピコーン！

解答音が鳴る。押したのは僕だ。まずい、完全に早まった。

床に背中をつけて両足を開く？　どんな状態だ？　これは、何を聞かれているんだ？　そもそも、わかる問題なのか？　考えろ。考えろ。

僕は思考を巡らせる。大事なのは、【そのえ】に続くのが何かだ。影響？　映像？違う、前段と繋(つな)がらない。両足を開くと生まれるもの。


「遠心力」。

その瞬間、僕は『思い出した』。


放課後、僕はミラにつきあって、体育館の一角にいた。ミラがダンスの練習をするというので、振り付けを録画してほしいと頼まれたのだ。

「今日はいける気がする！」

ミラは体を沈み込ませ、床に背中をつけると、ぐりんと体をひねって両足を広げ……そして、そのままずでっと倒れた。

「だめかあ、んー何が違うかなあ」

「……今の、何がしたかったの」

「これ、うまくいくとこのままグルグル回るんだよ。見たことあるだろ？」

ミラにスマホを渡すと、動画を検索してうまくいった例を見せてくれた。

「なんでこんな倒れなくなるんだろうな」

不思議そうに動画を見るミラに、僕はなんとなく答える。

「あー。これ、足を開くと遠心力が働くんだよ、きっと。コマみたいな感じ」

「え、そういう仕組みなの？　やっぱAは頭いいな。次は意識してやってみるよ」

確か、その技の名前は。いや、他にもそんな技はあった。ミラはたくさんの技を見せてくれた。

でも、この問題の答えはこれだ。


「ウィンドミル」

一瞬の間があって、正解の音が響いた。

「よく当てたね。他にも似たような技ってあると思うけど？」

「うん、ありそうな気はする……でも、問題の難易度的に、こういう専門的な言葉を聞かれるときは、後フリで知らなくても解答できる内容がくる。きっと今回は、【英語で風車を意味する】って続くんじゃないかな」

「驚いた……やるじゃあないか。これで三問だね」

僕も驚いている。あのクイズ王のQを相手に、僕が一問とはいえリードしているのだから。

「約束通り、種明かしをしよう」

Qは大仰に手を広げて、言った。

「ボクの『異能力』は『ループ』。脱落したときにクイズをやり直せる……そう、初めからね」

「初めから……!? どういうこと?」

「『ループ』によって時間が巻き戻されたとき、ボク以外の参加者は記憶をリセットされる。ボクもクイズの答えなんかは覚えておくことができない。でも、キミは『リメンバー』で、消えたはずの記憶を思い出している。だから、答えを知ることができた」

Qはこともなげに言った。

Loop ……死亡したとき、クイズをやり直すことができる。

確かに『ループ』はクイズをやり直せる『異能力』だ。だが、それがまさか、一連のクイズの最初まで戻れる能力だとは。

「……おい、じゃあお前……」

ここまで黙っていたミラが、おそるおそる口を開いた。

「何度も死んで、何度もこのデスゲームをやってるってことか?」

「うん。ざっと三百周ぐらいね」

「マジかよ……」

絶句するミラ。僕も自分の頭が弾け飛ぶのを想像して……それを三百回以上体験することを想像して、気が遠くなった。

だが、それより気になることがある。今、一対一の状況で僕が『能力指摘』してQを殺せば、僕の勝ちが確定する。それなのにQが自分の『異能力』を明かしたこと。種明かしがどうとか、そういう話じゃない。

「クイズ王Qなら、勝って脱出できるはずだろ。なんで死んでるんだ？　脱出できていれば、死んでループすることもない」

「うん、いいところに気がついたね」

Qは普段と変わらない口ぶりで述べた。

「ボクは毎回必ず最後まで勝ち残る。そして、毎回必ずそこで死ぬ。誰も生還なんてできないんだよね」

最悪だ。本当に最悪の事実だ。

「は!?　何言ってんだお前！　じゃあ今までやってきたことも意味なかったってこと

かよ⁉　あんなにたくさん人が死んで、それでっ……！」

ミラが唇を震わせながら叫ぶ。

「キミのその反応を見るのは四十二回目だね。まあ落ち着きなよ。何もキミたちをやけっぱちにするために、こんなことを言ったわけじゃあない」

わざとらしい仕草でミラを制するＱ。そのまま、僕の方を向いて続けた。

「まず一つ。このデスゲームはもともと『最終的に全員死ぬ無理ゲー』として作られているわけではない。最初にオラクルから提示されたルールを覚えてる？」

勝利条件は、クイズで勝ち続けること、及び『異能力』を他人に知られないこと。クイズに負けるか、他の参加者に自分の『異能力』を指摘される、または他の参加者の『異能力』を指摘して間違えた場合は、死ぬこと。最後に残った参加者だけが、脱出できること。

「『ディテクティブ』の乾が残した情報によれば、オラクルは嘘をつくことができない。だから、脱出自体はできるようになっているはずなんだ。まあ、それ以外にも根拠はあるんだけど、とにかく脱出自体が不可能にできているわけではない。だから、『なぜボクが毎回死ぬのか』の謎が解ければ、脱出することはできる」

普段通りの飄々（ひょうひょう）とした口調だが、その奥にあるものは計り知れない。どれだけ勝っても最後には死ぬことがわかっていながら、挑み続け、死に続けたということだからだ。

「そしてもう一つ。ボクは勝ち続け、死に続け、それでもこのデスゲームから脱出するための最後の手がかりが、今までつかめなかった。でも、今のキミなら……ボクにクイズで並べるキミなら、解けるかもしれない。最後の問題が」

クイズを熟知し、『ループ』で謎に挑み続けたQ。『リメンバー』で今までのループの記憶を思い出せる僕が、Qと同じだけクイズを知ることができれば、何か解決の糸口が見つかるかもしれない。彼はそう言っているのだ。

「Aくん。キミはボクにないものを持っている。今までのループでも、他の参加者と協力して、いつも諦めないで最後まで戦っていた。キミは三百回のループの間にクイズを覚え、たくさんの他の参加者とかかわり、ついにボクとガチの勝負ができるところまで来た。ボクはキミとここに立ててうれしいよ」

本当にうれしいんだ、とQは呟いて、一瞬目を伏せた。が、次の瞬間には、いつものぎらついた目で僕を見て、挑発的に笑っていた。どちらの表情も、僕には見覚えがあった。どこかのループで。

「だけど、ボクに負けるようなら、まだこのループのキミでは不十分ということだ。いつもどおり、また死んで、ループする。何度だってね」

Qは僕に、指をかけたままのボタンを向ける。

「さ、クイズを続けよう。そして、ボクからキミへのQだ。【キミはボクを超えることができるかな?】……期待してるよ、Aくん」

五問が終わった時点で、僕が三問、Qが二問。なんとか一問リードしているが、それをQが許すはずもなく。

【問題。6、28、よんひゃ】

「……完全数」

正解。これで3対3。残り四問だ。

どれだけ勝ち残っても、最終的には死んでしまう。Qはそれを『ループ』で何度も体験しつづけていた。そんなQが、自分を超えて、謎を解けという。

ならば僕は、全力で応(こた)えないといけない。この後に何が起こるのか、それを防ぐ方法を考えなければ。

【問題。塩漬けされた唐辛子を雪の上に】

僕はボタンを押す。「唐辛子」「雪の上」、どちらも特徴的な単語だ。だから答えられると思った。だが、点灯していたのはQのボタンだった。

「……かんずり」

正解の音。

「うん、今のは惜しかったよ。悔しいだろ?」

「ああ、悔しい。次は負けない」

今まで答えを知っていた時も、わかるであろう場所で押すということに変わりはなかった。ただ、感覚は全く違っている。もっと速く。もっと的確に。僕はボタンを押す指に力をこめる。


【問題。二〇二三年の第九十五回アカデミー賞で】

まだだ。


【歌曲賞を受賞した、】

まだわからない。曲名か作曲家か作品名か……。


【映画『R】

ここだ！

僕はボタンを叩く。点灯した！

答えは『ナートゥ・ナートゥ』……のはずだ。作品名は読まれた。作曲家は……知らない。でも、そこまで難しいことは聞いてこないはずだ。僕はひとつ息をついてから答える。

「『ナートゥ・ナートゥ』」

正解音が響いた。よし。これでまた並んだ。4対4で、残り二問。Qと延長戦になっては、明らかに分が悪い。ここで決めなければ。

【問題。童話『シンデレラ』で、魔法で馬車に変わるのは】

読み方で、これは「ですが」問題だと思った。これ以上聞かれたら、絶対にQは押してくる。今しかない。

ピコーン！

僕はボタンを押す。点灯したのを確認、問題文の予想にかかる。

【馬車に変わるのはカボチャですが、〇〇に変わるのは何？】これが問題だろう。シンデレラ……ガラスの靴、カボチャの馬車は知っている。他に何が……。

『思い出せ』。どこかで読んだ記憶ぐらいはあるはずだ。『思い出せ』！

「マイカ、そういう服ってどこで買ってるの？」

どこかのループで、僕はマイカと話していた。久しぶりに彼女の顔を思い出して、少し胸が苦しくなった。

「ああ、これ、通販で買ってます。マイスってブランドのサイトで」

「……鼠？」

「はい。女の子はシンデレラで、自分たちの服は女の子を舞踏会まで送る、カボチャの馬車の御者、みたいな意味らしくて」

【馬車に変わるのはカボチャですが、御者に変わるのは何？】これが問題だ。そして答えは。

「……ネズミ」

正解音。これで5対4だ。あと一問、次をとれば勝ちだ。

「よく押した。よく答えたね」

Qは僕のことを見ないまま言った。僕も彼のことを見ないまま頷く。次で、泣いても笑っても最後の問題だ。

【問題。】

指に力がこもる。

【二〇一九年に本屋大賞を受賞し、】

あ、これは。

【二〇二一年には映画化された】

知っている。ここに来る前に、たまたま読んでいた本だ。

【五人の父と母】

僕は震える指でボタンを押した。

「『そして、バトンは渡された』」

正解。

【ラウンド終了。勝者、芦田エイ】

勝った。僕はQに勝った。

「おめでとう。強かったねえ」

Qは、いままでで一番穏やかな笑顔で、手を叩いて僕をたたえた。

「最後のは、知ってた?」

「ああ、たまたま読んでて。本当に、運だけだった」

「いいや。クイズってそういうものだよ」

そして、僕に向かって軽く手を振ると、解答席を降りていく。

「たまたま昨日覚えたこと、必死に勉強して覚えたこと、全部キミの人生の一部だ。

それが肯定されるのがクイズだと、ボクは思うんだよね」

これから死ぬというのに、いつもどおりの飄々とした口調だ。Qは振り返らないまま、歩いていく。自分が死ぬ姿を見せないように、だろうか。

「ああ。何百回もやってきたけど。今回が一番、楽しかったよ」


【敗者、天上キュウ。デスペナルティ】

赤い飛沫が、解答席の陰で、弾けた。

◆

もう、会場には僕とミラ、そしてリリしかいない。

Qの言葉によれば、勝ち続けたところで殺されるらしい。何が起こるのか、僕はしっかりと見て……その謎を解かないといけない。

「なんか、静かだな」

ミラはがらんとした空間を見上げてつぶやく。

「もし、三人でクイズになったら、ずっと解答しなければどっちも死ぬことはない。

そうなったら、どうなるんだろうな」

「わたしは、二人が残ればそれでいいです。もともと死んでしまっているんだし」

【ラウンド18を開始します】

オラクルのアナウンスが流れた。

次の瞬間。

ピンポーン！

ピンポーン！

ピンポーン！

ピンポーン！

ピンポーン！

「ちょっ、何何何っ⁉」

壊れたように正解音が何度も響く。無人の解答席で、ボタンのランプが点灯しつづけている。

「なにっ？　なにこれ！」

リリとミラは不気味な現象に怯（おび）えている。僕も何が起こっているのかわからないが、おかしなことになっているのは明白だ。周囲を見回しても、変化はボタン以外にはない。

ピンポーン！

ピンポーン！

ピンポーン！

ピンポーン！

「……まずいっ！」

僕は最悪の可能性に思い当たる。そして、能力一覧を見た瞬間、それは確信に変わった。

今、開示されている『異能力』は二十三個、すなわち死者は二十二人……だと思っていたが、ララが死んだことになっていないなら、実際の死者数は二十三人だ。そして、リリが『異能力』による身代わりで参加者でないとすれば、今生きているのは僕とミラの二人だけ。足すと二十五。二十六ではない。だとすれば今、答えているのは。

◆

ここはどこだろう。自分が死んだのは覚えている。死後の世界なんてものは信じていなかったが、ここがそうだとすればいささかキレイすぎる。

真っ暗な空間を、いくつもの光の帯が脇をながれていき、目を凝らすとそれが僕の記憶だとわかる。三百回以上ループしたぶんの記憶だ。

「やあ、Aくん。来たね」

僕の前に、Qが立っていた。スポットライトに照らされたように、そこだけが少し明るくなっている。

「……これは何なの？」

「これは『ループ』が見せる映像さ。ボクはキミを今回の『ループ』の対象に選んだんだからね」

Qは相変わらず、なんでもないような調子で言った。

「言ったでしょ？　キミならボクが解けなかった謎が、解けるかもしれないって。だから、ボクのかわりにループしてもらうことにした。ボクはループの記憶を全て失うけど、まあ、ふりだしに戻るだけだからね」

僕がQの代わりにループするということは、逆に言えばQはループしないということだ。自分から死を選んでまで、僕に謎を託したのだ。

今、僕は全ての記憶を『思い出して』、最初の状態に戻る。はじめてQと同じ視座に立つ。もしこの場に一人だったら、これほど孤独なことはないだろう。何回も死んで、何回もやり直して、それを自分だけが覚えているなんて。そして、それがバレてもいけないのだ。

今ならわかる。僕は『リメンバー』を使って記憶を操作し、他のループのことを思い出さないようにしていたんだろう。その上で、自分自身に『アンサー』だと本気で信じ込ませることで、他人も欺くことに成功した。

だが、今回は違う。僕は全てを背負って、Qが託した最後のループに挑む。

「……解けそうかい？」

「ああ」

僕はうなずいた。

「アテはある。必ず、全員で生還してみせる」

「頼もしいね。じゃあ、何も覚えていないボクによろしく」

そうして、Qはあの時と同じようにひらひら手を振り、僕とすれちがって歩いていった。スポットライトが彼を追うことはない。

僕は歩き出す。記憶の奔流を遡(さかのぼ)って、この理不尽なデスゲームの始まりまで。

◆

「あ、起きた」

よく知る声が頭上から聞こえて、僕は顔を上げた。ミラだ。さっき僕と同時に頭を爆発させて死んだはずのミラが、僕の顔を覗き込んでいる。

周囲はざわついていて、沢山の参加者がいる。マイカも、警察の人たちも、デメキンや大山もいる。危うく出そうになった涙をこらえ、僕は早速行動を開始する。

（ミラ、僕に『テレパス』を繋いでくれ）

「え!? な、なにこれ、頭に声が!?」

「いいから早くっ！」

戸惑うミラに『テレパス』の説明をして回線をつながせ、僕は前のループで何が起こったかを、一気に映像で伝えた。彼女をかばってサクラが死ぬところも、彼女が最後どうなるかも、全部。

（うっ、これっ、えっ……）

（声を出さないで。整理が追いつかないかもしれないけど、僕らはこのままだとこうなる）

（なんでっ……なんでこんなことに!?）

（それを今から解く。だから、協力してくれ）

『テレパス』で伝わってくる内容でウソはつけない。ウソをついていることまで伝わるからだ。彼女がそのことをすでに知っていたかどうかは不明だが、とにかく頷いた。

「あたし、何すればいい？」

「ミラをかばってくれた女性……大門さんと、乾さんたちにも協力を依頼してほしい。この後すぐ、ルールの説明が始まる。時間がないんだ。これを伝えれば、きっと協力してくれる……そしてこう伝えてほしい」

僕はミラに、彼らに頼みたいことと、乾のスマホの解除コードを教えた。サクラと乾の関係性を示す証拠であり、僕らが普通持ち得ない情報を教えれば、使命感の強い警察の人たちは協力してくれるに違いない。ミラはもう一度頷いて、参加者の中から長身のサクラを探して、駆け出した。

僕はそれを少しだけ見送って、空間の前方を見据えた。

（ここだ。ここに……全てを終わらせるカギがあるはず）

今までのループの記憶。クイズには様々な、本当に様々な展開があった。出される問題と、それぞれに与えられた『異能力』と、最終的にクイズ力でQが勝ち残る（であろうこと。最後まで僕が生きていなかったのでわからないが）のは固定だったが、それでも毎回違う展開になっていた。僕だってそうだ。

ミラとマイカと協力して最後まで進めた前回のようなループもあれば、仲間割れして早々に死んでしまったループもあった。

ラウンド1でQと対決して即死したループもあった。

ミラがすぐに死んでしまって、僕が一人で最後まで戦い続けたループもあった。

マイカと協力し、ミラと敵対したループもあった。

リリとララ、そして尾辻と互いに励まし合いながら乗り越えようとしたループもあった。

警察の人たちと協力し、最後まで作戦を進めようとしたループも。

デメキンと協力して、脱出できたらいっしょに動画を撮ろうと約束したループも。

どのループでもオラクルの言葉だけは同じだった。なら、ここにこそ、謎を解くカギがあるはず。

そして、見据えた先の空間に、扉のようなものができて、そこからオラクルが現れ……。

「　　　　　　　　　　」

何重にも重なった機械音のような声。それが耳に入った瞬間。

「っづあ!!」

僕は頭を抱えて倒れる。何度めでも耐えられない。ミラもマイカも、周りの人全員がそうしているのが見える。

【我々はオラクル。このメッセージは超高圧縮言語プロトコルにより、有機生命体の脳に直接情報を送信するものです。皆さん人類の脳には少し負担かもしれませんが、テストの効率化のため、ご協力ください】

言葉として理解できたのはそこまでだった。あとは、脳の中にナマの情報が、無理やり展開されていった。

オラクルの持つ『異能力』技術を人類が正しく使えるかのテストであること。

テストの内容は、『異能力早押しクイズ』であること。自身の知能と『異能力』を使って、早押しクイズで競う。

参加者はここにいる二十六人、それぞれ異なる『異能力』を与えられていること。

勝利条件は、クイズで勝ち続けること、及び『異能力』を他人に知られないこと。クイズに負けるか、他の参加者に自分の『異能力』を指摘される、または他の参加者の『異能力』を指摘して間違えた場合は、死ぬこと。

最後に残った参加者だけが、脱出できること。

僕は脳にかけられる異様な負荷を感じながらも、この感覚にどこか覚えがあった。これは、『テレパス』で直接会話している時と同じ感覚だ。説明の内容もあわせて、僕の推測は確信に変わった。

オラクルが見せている芸当は、全て『異能力』で説明がつく。先程空間から現れたのも、禅寺ゼンジロウが死体回収に使っていたものと同じ『異能力』だろう。説明の中にあった、オラクルの持つ『異能力』技術とはつまり、オラクルは全ての『異能力』が使えるということだ。

そして、もう一つ。いちばん重要な情報が、この中に隠されている。

【予測より肉体に負荷がかかっている個体がいますね。仕方ありません。ロスの多い形式ですが、これより先は口頭で説明します】

「質問があるんだけど」

オラクルが説明を始めようとするのを、僕は遮って質問した。

【必要なルールは全て説明したはずですが、公平性のために質疑は受け付けることになっています。どうぞ】

「参加者はここにいる二十六人って言ったけど……ここには二十七人いるよね？」

【いいえ、ここには二十六人しか】

「違う」

僕は一人ずつ指さして人の数を数えてみせたあと、オラクルを指さした。

「お前も含めてここには二十七人いるよね？」

【いいえ、ここには二十六人しかいません】

オラクルは平板な調子で繰り返す。やっぱりだ。オラクルはウソがつけない。だから、この言い方しかできない。

人数が一人多くいるように見えるのは、すでに二荒山ララの『ダブルキャスト』が発動して、身代わりができているからだ。だから、「ここにいる二十六人」とは。

「あそこにいる双子のうち一人は、『異能力』で作った身代わりなんだ。だから、ここにいるのは正確には、僕ら人間二十五人と、お前だ。なぜ【私は参加者には含まれません】と否定しない？　それは、お前が二十六人目の参加者だからだ」

僕とオラクル以外の参加者全員がどよめく。

「ちょ、ちょっと、アレはこう、デスゲームの主催者的なやつじゃないんですか⁉」

マイカがいつもの調子でつっこんでくるので、僕は思わず苦笑してしまう。

「僕らはこんな不可解なシチュエーションで、理解の及ばない存在が現れたから、

『あれがデスゲームの主催者側で、自分たちは参加者だ』と思い込んでいたが、違う。アレも参加者の一人だ」

「じゃ、じゃあ主催者は誰なの？」

参加者の一人が叫ぶと、

【このテストを主催しているのはオラクルです】

オラクルはまた感情のない声で返す。

「ああ、そうだろう」

僕はその発言で、もう一つの推理にも確証を得た。全ての根幹に関わる、最大の違和感に対する解答だ。

なぜ、早押しクイズなのか？　その答えは。

「オ、オ、オラクルは二人いた！　ここにいる参加者側のオラクルが、他のオラクルの主催する知能テストだったこのゲームを乗っ取り、デスゲームに仕立てたんだ！」

このデスゲーム――オラクルに言わせれば「テスト」――は、いつもどこかちぐはぐだった。

ルールの説明や、クイズの判定は公平・公正に行われていた。例えば「最後の問題は一万点」みたいな展開はなかった。

『異能力』や能力指摘などのシステムは、時折曖昧な説明がありながらも、参加者が推理、駆け引きができるように調整されており、『異能力』同士の相互作用をすれば有利になるように作られている。

また、不要な争いを生みそうなものも徹底的に排除されていた。僕らはクイズに取り組んでいる間、空腹になることも喉が渇くこともなかったし、個室だって用意されていて眠ることもできた。

一方で、それ以外については、ガバガバもいいところだった。だいたい、クイズや能力指摘の結果以外で人を殺すことができる時点でおかしいのだ。知能テストという名目なのに、他の参加者全員を殺せば生き残って脱出、となってしまう。本気で知能テストをやらせたいなら、暴力は最初に規制すべきだし、オラクルにはそのルールを定め守らせることができたはずだ。

「そもそも、だ」

僕はオラクルに詰め寄る。

「知能テストがやりたいなら、なんで人が死ぬ必要がある？　デスゲームがやりたいなら、なんでクイズなんて形式をとる必要がある？　おかしいんだ、最初から」

オラクルは何も言わない。言えないのだろう。オラクルはルールを課す側であり、公平性のためにウソをつくことができない。こういうところの律儀さもおかしかった。

「お前らは何がしたくて、何が見たくて僕らを殺し合わせるんだ？」

オラクルの顔には、相変わらず表情らしきものは浮かばない。それでも僕はにらみつける。たとえ僕の推理が間違っていたとしても、これだけは言わせなければならない。僕らの命を弄ぶ目的を。

「そうですよ！　デスゲームの主催に思想がなくてどうするんですか！　『極限状態で愚かな人間の本性が見たい』とか言ってみろ！」

マイカが（少しピントがずれているが）声をあげたのをきっかけにして、他の参加者たちも騒ぎ始めた。

「そうだそうだ‼　なんだって死ななきゃならねえんだよ！」

「何が目的なんですか！　説明してください‼」

「納得できなきゃ参加してやらねえぞ！　俺たち全員降りたらデスゲームが成り立たないだろ⁉」

騒ぎ立てる人間を前にして、オラクルは初めて感情らしいものを見せた。口をにがしげに歪め、舌打ちさえした。

【『ループ』と『リメンバー』で知恵でもつけたか？　有機体風情が】

僕は息を呑む。ついに、何回ループしてもたどり着けなかった展開が訪れた。

【ミジンコ並の頭脳でそこまで思いついたことを評価して、特別に教えてやる。「目的」は、この知能テスト自体をブッ壊すことだよ！】

「な、なんだと……？」

【お前らに崇高なる我らオラクルの『異能力』を使わせるなんて、絶対に許せねえからな!!　あいつら『啓蒙派』の肝いりの知能テストにもぐりこんで、ルールをいじって全部台無しにしてやろうって寸法だ！　せっかく集めてきた人間どもが、互いに殺し合う姿を見せてやるんだよ！】

複数いるオラクル同士の仲間割れ、ぐらいまでは予想していた。しかし、これはつまり……。

「単なる同族へのいやがらせのために、僕らを殺し合わせようとしていたのか⁉」

あまりのことに、僕らはしばらく言葉が出ず、会場は静まり返った。

【短慮で愚かな有機体め。こうして「いやがらせ」が台無しになった以上、お前たちをこのまま生かしておく理由があると思うか？　お前たちをいつでも処分できる立場にあることを忘れたか？】

僕ははっとする。このオラクルが知能テストをデスゲームに変えたとすれば、頭が爆発して死ぬのはこのオラクルの仕業ということになる。

【ホンモノの『異能力』、その圧倒的な力を、最後に体感させてやる！】

オラクルが手を掲げる。その中心に向かって空間が歪んでいく。巨大なエネルギーが収束していくような、異様な熱気と気配だ。

「なんだアレっ！」

「私知ってるっ、ああいうの爆発したら死ぬやつ!!」

「結局デスゲームやらなくても死ぬのかよ！」

命の危機を感じた参加者たちが逃げ始めるも、この空間に逃げ場などない。僕はつばを飲み込み、それでもなんとか、オラクルを睨(にら)み続けた。

【ミンチになれっ!!】

そして、その手が振り下ろされ――。

【……あ？　なん、だ、これ……】

何も起こらない。オラクルの手は空を切るだけだった。

【何だよこれ、何が起こってる!?『啓蒙派』のクソどもの仕業かッ!?】

オラクルは初めて、不快以外の表情を僕たちに見せた。

「この時を、待ってたっす」

「まさか本当に効くとはな……」

「……任務完了だ」

「さっきから黙ってりゃゴチャゴチャうっせェ～んだよロボ女！」

逃げようとしていた参加者の中に、それでもオラクルの方を向く者が、五人。全員が、指を銃のようにして、オラクルに向けている。

中央に立った長身の女性、大門サクラが告げた。

「あなたの『異能力』を『BAN』しました。あなたも参加者である以上、この拘束からは逃れられません！」

(間に合った！　遅くなって悪い！)

ミラから『テレパス』が届く。遅いどころか最高のタイミングだ。僕がミラに頼んでいたのは、オラクルに『BAN』をしてほしいということだった。

オラクルが『異能力』を全て持つなら、『BAN』を持つ参加者に先に『BAN』をされてしまうのだけが不安だった。だからギリギリまで僕が推理を披露して時間を稼ぎ、ミラの説得と協力要請が終わるのを待っていたのだ。

【す、少しは知恵が回るようだな……だが、こんなことをしてどうする？　銃とかいうオモチャを使って撃ち殺すか？　不可能だ、オラクルは不死身だ！　あと数十秒たてば、こんなもの……】

苛立たしげなオラクルに、僕は、最後の一手を下す。

「『能力指摘』だ」

【なッ……！】

『異能力』を指摘され、正解された参加者は死ぬ。僕たち参加者を殺し合わせるために作られたルールで、参加者である限りそれは絶対だ。

【バカなマネはよせ！　ループの記憶があるなら知っているだろう、お前たちにはこれまで一度も、何一つ『このテストで与えられた異能力』を見せていない！　手がかりすらゼロだ！　まさか二十五体もいるからってローラー作戦でもする気か⁉】

確かに、オラクルが参加者だとして、もとから表にある全ての『異能力』を使えるオラクルが、今回何の『異能力』を与えられているのか、知る由もない。マイカの『ホロスコープ』で占ったところで、特定することは不可能だろう。

だが。

「お前がべらべらしゃべってくれたおかげでわかったよ。いやがらせが目的だっていうなら、僕たちの中にいもしない『異能力』に、疑心暗鬼になって殺し合いをさせるのが一番楽しいだろうからね」

【ばっ、バカなっ、そんなことまでっ！】

初めて焦りの表情を見せるオラクル。僕は、ゆっくりとオラクルを指さして、宣言した。

「お前が、『アンサー』だ」

ピンポーン!!

最後の正解音が、華々しく鳴る。

【なっ、グ、ブッ、こんなっ、こんなことがァアアアッ!!】

オラクルの頭が弾(はじ)け、白い血液のようなものが飛び散った。そしてその瞬間、真っ白な空間に亀裂(きれつ)が走る。

光だ。太陽の光。そして水が流れ込んでくる。匂いがある。自然の音がある。僕らは解放された。

勝ったのだ。僕たちはデスゲームに勝った。緊張の糸が切れ、僕は押し寄せる水の中に倒れ込んだ。

遠く、光の中に、救助に来た誰かの人影を見ながら、僕は意識を——。

【『ループ』】

声が聞こえた。瞬間、流れ込む水が動きを止める。水滴が空中に静止する。

「なッ……!?」

僕は目を見張る。

「今の声は……オラクル!?　倒したはずじゃ!?」

Qが声の主を探し、周囲を素早く見渡した。

何が起こったのかわからないままの僕らをよそに、映像を逆再生するように、僕ら参加者と、オラクルの死体以外のあらゆるものが元に戻っていく。

【『テスト』へのご参加、ありがとうございました。ご協力に感謝します。ですが、このままお帰しするわけにはいきません】

異様な光景の中、爆発四散したオラクルの真上に……それが現れたときと同じような扉が現れる。

【皆さんがこの個体を破壊してくれたおかげで、私にかけられていた『BAN』の効果がなくなり、こうして『異能力』を取り戻すことができました。改めまして、皆さん、はじめまして】

扉から現れたのは、もう一人のオラクル。

【私が、この『テスト』の主催者です】

5 ファイナルステージ

総力を結集して、なんとか紙一重で倒したオラクル。それと同じものが、再び現れた。僕を含め、参加者たちの間に緊張と動揺が走る。

「うわ！　今度こそほんとに主催者が出てきた！」

……マイカはいつもの調子だったが、ミラに睨まれて縮こまっていた。

「このまま帰さないって、どういうことだよ！」

禅寺がオラクルに向かって叫ぶ。

【私の『テスト』は、ここで破壊された個体の乱入によって、実施不可能になりました。遺憾ですが、『テスト』は中止です。したがって、『異能力』付与の実験体であった皆さんは、この場で全て廃棄されます】

オラクルは、つるりとした頭部に何の表情も映さないまま告げた。

「ハァ!?」

「は、廃棄って……殺されるってことかよ!?」

「そんな……そんなことって……」

オラクルが『異能力』を行使すれば、容易に僕らを殺せることは、今死んでいる偽オラクルの様子からして明らかだった。こいつが言っていることが本気なら、僕らは本当に殺されてしまう。あの、地獄みたいなデスゲームを壊し、全員で生還できるルートを見つけたはずなのに。

【……念のため。私は参加者ではないため、あなたの『BAN』は効きません、大門サクラ】

「やはりですか」

『BAN』の姿勢をとっていたサクラが手を下ろす。表情と言葉は落ち着いていたが、汗が頬をつたうのが見えた。

「おい、Aっ……！」

ミラが僕のシャツの裾をつかみ、泣きそうな声で言う。

「わかってる！　何か、何か方法は……！」

僕は思考を巡らせる。もう一度、オラクルを倒す方法、みんなで生還する方法は……。

「ちょっとちょっとォ！　オタクさあ、何が目的なわけ⁉」

大声が思考を遮る。声の主は、動画配信者の男、デメキンだ。

「これ、もうドッキリの次元超えてるでしょ！　オタクがなんなのか知らないけどさあ！　デメキンのギャラは高いんだよ⁉　こんな拘束の仕方して、せめて何が目的の企画なのかぐらい、教えなさいよ！」

デメキンはまだこれを何かの企画だと思っているようだ。そういえば、彼はこれを動画のためのドッキリ企画だと思っていた。

オラクルはしばらく黙ったあと、つるりとした顔に表情を浮き上がらせ、文字通り口を開いた。

【目的を開示すべき、という『アンサー』が出ました。あなたの質問に答えます】

通った⁉

「時間が稼げた。アレの目的がわかれば、生還する方法もわかるかもしれないね」

Qが僕の隣でうなずく。僕は、オラクルの言葉に集中する。

【私たちオラクルは、この惑星以外で発生した知的生命体で、皆さんの言葉でいう宇宙人です。備わっている『異能力』を活かして文明を発達させてきました。中でも、もっとも重要な『異能力』は『アンサー』……あらゆる問題に、答えを導き出す力。このおかげで、皆さんの歴史にあるような、無益な諍いや衝突が発生したことはあり

ませんでした】

僕らに与えられた『異能力』は、オラクルの持っているものをベースに切り分けたものだった。もし、全ての人が『アンサー』を持っていたら、たしかに戦争なんて起こらないかもしれない。

【私たちが発見した、オラクル以外の最初の知的生命体。それが、皆さん人類です。しかし、ここで問題が起こりました。人類に『異能力』を与えるべきか？　という疑問に、『アンサー』では答えが出なかったのです。有史以来初めて、私たちは対立し、争いましたが、答えは出ませんでした。そこで、私たちはあなた方人類の、『答えに向かう力』を研究することにしたのです。それがこの『テスト』の目的です】

「オラクル同士の対立、か。死んだ偽オラクルもそんなこと言ってたな」

ミラが考え込む仕草をする。

「『答えに向かう力』？」

僕は思わず聞き返した。

【知らない答えを自ら導き出す能力。あらゆる答えを最初から知っている前提で発展してきた、私たちオラクルには無い能力でした。『異能力』を持たない人類が、ここまで文明を発達させたのも、代わりに『答えに向かう力』があったためだと、私たちは判断しました。問いと答えからなるテスト、すなわちクイズで『答えに向かう力』

の働きを観測し、裏切る人間を予め設定しておくことで『異能力』を与えた場合の人類社会のシミュレーション実験を兼ねたのが、この『テスト』なのです】

説明が終わる。スケールの大きな話に、思考が追いついていない人がほとんどのようだ。僕が聞いた内容から、オラクルを倒せる余地を探していると、

「あのさ」

とQが口を開いた。

「だったら、クイズをデスゲームにする意味、なかったんじゃないの」

静かに、怒りを含んだ口調だった。

【ゲーム、とは？　私たちの文明にない概念です。……『アンサー』、勝負や勝敗を決める活動……でしたら、死は必要な要素でした。ゲーム、というのが単体でなんの損得ももたらさないなら、勝敗に価値の勾配をつける必要があるでしょう。自身の生命であれば、全員が共通して価値を見出すはずです。『アンサー』は間違えません】

「……そう。がっかりだ。君ら、罰ゲームがないと遊びを楽しめないタイプなんだね。それじゃ、『答えに向かう力』なんて一生わかんないよ」

【質問は以上ですか？　では……】

「待て！」

僕は叫ぶ。今の話を聞いて、わかったことが三つあった。一つは、オラクルは「話

が通じる」こと。もう一つは、僕らのことを研究していること。最後の一つは、オラクルが僕らの命に価値があると思っていること。

「もともとこの『テスト』には、最後に残った者が生還できるルールがあった。それは間違いないな？」

【はい、オラクルには嘘という概念がありません。破壊された個体も同様です】

「だったら、僕らには生還できる権利があるはずだ。『テスト』がここで打ち切りというなら、その時点で残っていた人間には生還の権利がある！」

僕の言葉に、他の参加者たちも同調した。

「そうだそうだッ！」

「一度決めたルールを曲げるっていうの!?」

オラクルは、また少し黙り込んだ。おそらくこの間は、『アンサー』を使って答えが出るまでの時間なのだろう。

【芦田エイ。その主張は妥当です。しかし、私には失敗したテストの始末をする責任があります。両者を問いかけた結果、『アンサー』は、当初の予定通り一人であれば生還させてよい、と解答しました】

声をあげていた参加者たちが、一瞬で静まり返った。

【『アンサー』は間違えません。『リメンバー』で過去のループを閲覧しました。『異能力』を持たないあなた方が、オラクルを倒すまでに至ったのは、あなたの『答えに向かう力』が強いためだったと言えるでしょう。よってあなたを今後もモニタリングすることを条件に、生還させてよいとの解答でした】

オラクルの機械腕が指差す先に、ドアのようなものが出現した。

【さあ、芦田エイ。『テスト』を勝ち抜いた者として、生還しなさい】

「お、お前、自分だけ助かる気か!?」

誰かが言った言葉がきっかけとなって、一斉に皆が動き始めた。

「どけっ!! そこから出るのは俺だッ!」

「あ、あなたがいなくなれば生還の権利が……!」

ドアのようなものに駆け込もうとする者、僕を排除しようと襲いかかる者。二十人を超える集団の、混沌(こんとん)としたうねりが押し寄せた。

「おいAっ! やべえぞ! うわっ」

近くにいたミラが人の波に飲まれようとして……何者かが、それを阻んだ。

「皆さん! 落ち着いてェッ!!」

ミラを抱き寄せ、凜(りん)とした声を響かせるのは、大門サクラだ。

「お前よォ〜ッ！　なんか考えがあって言ってるんだろうなァ〜ッ⁉」

半蔵モンヂが、巨体で人の流れをせき止める。ドアのようなものの前には、他の警察官たちが立ちふさがっている。

「さきほど、ミラさんからの『テレパス』経由であなたの記憶の一部を見ました。それで過去のループのことを知り、私たちは偽オラクルに『ＢＡＮ』をすることができた……あなたは、自分だけが助かろうとするような人じゃあない。そうですよね」

確かにミラには、サクラたちに情報の共有を頼んだ。それがまさか、『テレパス』で僕の記憶をそのまま見せることで行われていたなんて、知らなかったが……とにかく、ミラのファインプレーだ。僕はうなずく。

人垣をかき分けてオラクルの前に出て、僕は声を張り上げた。

「オラクル‼　実験は続行だ！　生還の権利を、自分の命を賭けて、僕はお前にデ、デ、ゲームを申し込むッ！　僕が勝ったら全員で生還させろッ‼」

会場にどよめきが広がる。

「Ａさん、で、デスゲームを申し込むって、何⁉　どういうこと⁉」

混乱して頭のリボンをぐちゃぐちゃにするマイカ。一方、Ｑのほうは僕の狙いに気がついたようだ。

「……そうか。オラクルはＡの命に価値があると、自分で認めた！　奴らの『テスト』、デスゲームが、ボクたちに死というリスク・生というリターンを押し付けることで『答えに向かう力』を研究するということなら、Aの提案は奴らの『テスト』と合致する!!」

「ええっ!?　そんな理屈、あのマネキンに通じるの!?」

「わからない、ただ可能性は……」

そう、可能性はある。『アンサー』が、僕の生還の権利が、十分な賭け金として認められれば。

(そして、もしこれが認められなくても、直前のループの結果を主張すれば、ミラだけでも……)

「なるほど、そういうことなら……アタシも賭ける！」

声に振り返ると、ミラが不敵に笑いながら手を挙げていた。

「み、ミラ!?」

驚く僕に、ミラはウィンクした。

「思えばよぉ、この直前のループでは、偽オラクル、A、リリ、そんでアタシが最後に残っただろ？　偽オラクルが紛れ込んだのがイレギュラーだっつうなら、繰り上がりでアタシが生還の権利を持っててもおかしくないよなぁ!?　それを賭ける！」

しまった。僕の考えが『テレパス』で伝わってしまったのか。サクラの腕から立ち上がったミラは、僕と並んで立ち、肩を叩く。小さな手に、強い力がこもっていた。

「やれるなら、やる。いつものAだ。だったら、アタシもいつもみたいに、最後まで付き合うよ。結局、クイズではAに助けられっぱなしだったしな」

「んー、じゃあボクも上乗せしよう。何回もループしたけど、そのうち大部分はボクが二位だったからね。Aくんやミラちゃんにあるなら、生還の権利はボクにだってあるよね？」

Qがメガネを直しながら、同じように僕の隣に立った。

「Aくんには聞きたいことが沢山あるし……それに、クイズ王としては、大好きなクイズをこんなことに使われて、黙っていられないからね」

僕は目頭が熱くなるのを感じた。

そうだった。僕が偽オラクルという答えにたどり着けたのは、いっしょに戦ってくれたミラやマイカ、そしてQがいたからだ。

「さあ、オラクル！　お前の『アンサー』は何だ!?」

【……『アンサー』。芦田エイ、御巫ミラ、天上キュウ。三者の要求を認め、私と三者の間で『テスト』を続行します】

やった!!　これで希望が繋がった。しかも、『テスト』を続行ということは、内容はクイズだ。こちらには、クイズ王のQがいる。どんなクイズだって——。

【形式は、早押しクイズ一問。『ループ』能力の排除のため、天上キュウを出題者とします】

◆

オラクルが示したルールは、このようなものだった。

問題は一問。早押しクイズ。事前にオラクルが用意していた多数の問題の中から、Qが選んで出題する。解答者は参加者全員。オラクルも参加者扱いとなり、『異能力』の対象になる。オラクルは、出題者側に回ったことで参加者側から欠けている『ループ』を使わず、偽オラクルに割り当てられていた『アンサー』は追加の『異能力』として僕に割り当てられる。つまり、参加者全体とオラクルで、同じ『異能力』を使う。全ての『異能力』は一度しか使用できず、『異能力』に同じ『異能力』で対応することはできない。（『カウンター』同士で処理がループしない）。

「Aくん。そっちは頼んだよ。こんなクイズ、ぶっ壊してくれ」

Qはそう言って、オラクルとともにどこかに転送されていった。十分後には、最後のゲームが始まるという。

僕の周囲には、他の参加者たちが集まっていた。

「……芦田くん、これからどうするんだい？」

禅寺が、おずおずと僕に聞いた。最後のループの時の彼とは全く違う印象だったが、僕が『思い出した』他のループの記憶たちでは、こちらの真面目な青年という印象のほうが強かった。

「どんな問題が出るかはわかりませんが、相手は『ループ』以外の全ての『異能力』を使えます。僕らのほうも、参加者全員での総力戦になると思います。協力してください」

僕は頭を下げる。でも、協力するっていったって、どうやって。そんな声が他の参加者から漏れた。

「……アタシは！」

だしぬけに、ミラが声をあげた。

「御巫ミラ、高校生！　『異能力』は『テレパス』！　テレパシーが使える！　アタシ自身はザコだけど、これで頭ン中をつなげれば、協力できると思ってる！　よろしく！」

そうだ。もう、参加者同士で『異能力』を隠す必要はないんだ。

「芦田エイ、同じく高校生です。僕は『リメンバー』で……Qが『ループ』で、何度もこのデスゲームをループしてたんだけど、その内容を思い出すことができる、って感じで……やったことある問題だったら答えがわかります」

「わ、私は汀マイカ、『異能力』は『ホロスコープ』で、指定した人の能力がわかるんだけど、今回は役に立たないかも……」

そういえば、僕たちは最初から自己紹介なんてしたことがなかった。僕の記憶の中では、何度も何度も命の奪い合いをしていたのに。

「……禅寺ゼンジロウ、大学生です。能力は『ゾーン』。物や自分を見えなくしたりできる……みたい、です。どうやったら、あのマネキンを倒せるかわからないけど！脱出できるならなんでもやります！」

「大門サクラ、警察官です。『ＢＡＮ』を使って、『異能力』を無効化できます。今回のルールではどこまで無効にできるかわかりませんが……ちなみに、日本全国どこに解放されてもいいように、各地に警察官を待機させていますので、脱出後についてはご安心ください」

禅寺とサクラが口を開いてから、徐々に参加者たちが名乗り始める。デメキンも、警察の人たちも、前のループでＱ一派だった飯島たちも。

そして、僕たちは初めて、全員で協力してこれからのことを話し始めた。

「『アンサー』って結局、どんなふうに答えがわかる能力なんだろう」

「同じ『異能力』を使うなんて見た感じフェアだよな。前のオラクルは感じ悪かったけど」

「待てよ……お互い『BAN』が使えるなら、先に『BAN』を『BAN』したらこっちの『アンサー』が通って必勝じゃね？」

「今『ジャッジ』で確認したが、実は『BAN』の能力は『BAN』以外の能力を無効にするものらしい。それは無理だな。ついでにこのゲームでは一能力のみ無効可能なようだ」

「てゆーか、『BAN』は最速で『アンサー』を潰さなきゃっしょ？　『カウンター』と『アンサー』がそろったら負け確だし」

「単純にクイズで勝つか負けるか、それだけやからな。ウチの『イモータル』とか、双子ちゃんの『ダブルキャスト』みたいな能力指摘関係、死亡回避関係は意味あらへんな」

全員が、自分の持てる知識を出し合って、オラクルに勝つための道を探している。

こんな光景は、どのループでも見たことがなかった。『デスゲームは、参加者全員が協力できれば、必勝法がある』。そんなことをマイカが言っていたのを思い出す。

「これが、オラクルの言ってた『答えに向かう力』なのかもしれないな」

ミラが『テレパス』の拡張を試しながら呟いた。

「そうかも……うん、そんな気がする」

「あいつらの思い通りに実験されてるのはシャクだけどよ。これも、Aがつかみ取った可能性だ。頑固もここまでいくと才能だな」

「ミラのほうこそ、今回だって最後までつきあってくれて……相変わらずだよ」

僕は照れ臭くなって、しかもちょっと泣いてしまいそうになり、話題を変える。

「『テレパス』で全員を繋ぐなんて、できるの？」

「たぶん。ま、できなくてもやるよ、気合で。そんぐらいやらないと、全員生還なんて無理だろうし」

「……そうだね。最後のクイズ、がんばろう」

話し合いが進む中、刻一刻と開始の時間が迫る。

そして——。

【ファイナルラウンドを開始します】

最後のアナウンスが、流れた。

◆

僕たち参加者は、何度もクイズを行った空間に戻る。今は解答席は二つだけ、向かい合って配置されている。その片方には、オラクルが浮いていた。

「なんかちょっとシュールだよね」

Qは解答席の間に立っていた。いつも通り飄々とした口調で、僕らを出迎える。

「……すごいね。参加者みんながチームになってる。できればボクもそっちにいたかったなぁ。代表者はAくんかな？」

Qの言葉に、僕は参加者たちを振り返る。ミラやマイカ、他の参加者たちとも目があい、僕らは頷きあった。

僕は参加者チームの代表として、席につこうと……。


「『アンサー』を『BAN』です」

【『BAN』。対象は芦田エイ、『アンサー』】

二つの声が同時に発せられた。おぉ、とQが感心したように声を漏らす。

「いいね！　いいプレイングだ。キミらが気づいてないようだったら、もっと無駄話をして開始を遅らせようと思ったんだけど」

初動は予測した通りだ。『アンサー』は問題が読まれる前に『BAN』するしかない。Qが問題を読み始めてしまえば答えが確定し、ゼロ文字で押せてしまう。その前に動く必要があった。

（まずは計画通りだな！）

『テレパス』経由でミラの声が聞こえる。そして、他にもたくさんの人の声が。

（Aさん、がんばってください！）

（うまくいくのかなぁ……）

（これ配信してたら再生数爆上げなのに）

（あのオラクル、ちゃんと能力バトルしようとしてんな）

（油断してくれたらよかったのにぃ）

参加者の皆は、僕の合図や指示で『異能力』を使ってくれることになっていた。ミラは歯を食いしばりながら、脳にかかる負荷に耐えつつ『テレパス』を最大出力で使っている。

僕は手をつよく握り、対面のオラクルを見据えた。

【私は、皆さんの倒した個体とは違います。油断はしません。人類の皆さん、『答えに向かう力』を、私に示してください】

「ああ、もちろんだ。お前を倒して、みんなで脱出してみせる！」

僕はそう言い切ってから、Qのほうを見た。彼はもう参加者ではないので『テレパス』は効かない。でも、表情から言いたいことは伝わった。

Qは息を大きく吸い込む。

「――問題。」

空間に、何度も聞いた最初の二文字が響いた。

僕はボタンに沿えた指に力を込め……。

【『クオーター』『フィフティ・フィフティ』】

(何ッ⁉)

オラクルが『異能力』を使用した！

みんなで立てた予想にも『クオーター』『フィフティ・フィフティ』を同時使用し

てくる展開はあったが、それは高度な知性と知識を持つオラクルでもわからないような問題だった場合、使ってくるだろうという予想だった。Qがマニアックな問題を選んで、二十五パーセントで勝てる四択勝負に持っていく可能性もあったからだ。

「芦田、任せろ！　家電野郎め、『イレイズ』を喰らえっ！」

そして、僕が何か指示するより先に、決めていたとおりに『イレイズ』が使われる。表示されるはずだった四択は、真っ白な空白に置き換わった。飯島の反射神経はずば抜けていた。全て僕が指示していたら間に合わないことも、こうして間に合わせてくれる。

（ありがとう飯島さん！）

思考の奔流が流れ込み、中継するミラが「ぐっ」とうめき声をあげる。本文が読まれる前からの『異能力』合戦は、全員が思考をフル稼働させる以上、ミラへの負担も大きいようだ。僕はオラクルから目を離さないまま、ミラの手を握る。握り返されるのを感じる。

（まあ、この流れなら当然こっちの『クオーター』コンボは通らねえよなァ〜。同じこと返されるだけだもんな）

（こっからは普通に早押し真っ向勝負ってことか。だが……気になるのは『カウンター』だ）

『カウンター』は、相手がボタンを押そうとした時に発動し、先にボタンを押すことができる『異能力』だ。お互いに『カウンター』を持ち、それが連鎖しない以上、先に押そうとしたほうが必ず解答権を奪われる。

（つまり、先手必勝ならぬ先手必敗っちゅうわけやな。エゲツない能力や）

（だ、だけどそれはオラクルのほうも同じことですよ！）

結局僕たちは、始まる前の時間で『カウンター』への対処を見つけることができなかった。一つ言えるのは、先に押そうとしたほうが圧倒的に不利、ということだけだと、僕たちは結論づけた。

Qは問題の続きを、よどみなく読み上げ始める。

「日本で一番高い山は」

（富士山じゃねえか!?）

（バカ、『ですが』問題だろ）

（だとしたら後のほうは何？）

『ですが』の後には前半と対になる文が来る。だとすると、「一番低い」……？　「二番目に高い」は北岳だって記憶がある。それか、「世界で一番高い」「アメリカで一番高い」の可能性も……？

押して間違えたら即負けなのは相手も同じ。だとしたら、まだ押されるまでに余裕があるはずだ。今はとにかく情報が欲しい。

（き、桔梗さん！）

「オッケーっす！『フォーン』でスマホを……」

桔梗がスマホを取り出した瞬間、

『ピコーン!!』

ボタンの音がした。しかし、これは本当の音ではない。異能力『カウンター』が発動した証だ。

『オラクルのボタンが押されます。解答しますか？』

「なんですって!?」

『カウンター』の持ち主、京橋キョウコが叫ぶ。

【……皆さんの敗因は】

オラクルの無機質な声が告げる。

【『異能力』に振り回され、それ以外の情報の管理がおろそかになったことです。その『フォーン』は、皆さんが答えを絞り切れないことを私に伝えています。皆さんは『ゾーン』でそれを隠すべきでした】

そうか。お互いが『カウンター』を構えあっている状況で、一番知らせてはいけないのは、まだ答えられないということだ。まだ答えがわかっていない相手なら、『カウンター』で押させたところで問題はない。『ストップ』と『フォーン』で調べたとして、解答にたどり着くことだって難しいだろう。

背筋がさっと冷たくなる。練度が違う。これが、本物の『異能力』の使い方。生まれつき『異能力』を使う者の戦い方。

（おい、A！　どーすんだよ！）

（押すんですか、押さないんですかッ！）

（正解しちゃうかもしれないんだから、当てずっぽうでも押さないと！）

（いや、オラクルが間違える可能性に賭けてスルーだ！）

どっちだ？　どっちがいい!?　押すべきか、押さないべきか。チャンスは一度だけだ。何か、ここから勝てる方法は？

Qだったらどうする？

そう考えた瞬間、思考の渦の中に、一つの疑問が放り投げられる。

なぜ、Qはこの問題を選んだのだろう？

彼が、なんの意図もなく問題を選ぶはずはない。彼自身も、僕が勝たなければ生還できない人間の一人なのだから、当てずっぽうで「運が良ければ生還できる」という賭けを無策でやろうというはずはない。今までのクイズと決定的に違うのはそこだ。

今までのQの言動で、ひっかかっていた部分が、次々に『思い出されて』いく。

『やっぱりキミには、もう少しクイズをわかってもらう必要があるみたいだね』

『Aくん。そっちは頼んだよ。こんなクイズ、ぶっ壊してくれ』

Qが僕にたどり着いてほしいと思っていたのは、オラクルが参加者側にいるという答えだけだったのか？

最後の言葉は、Qが言うはずのない言葉ではないか？

違う、まだ解けていない問題（Q）が、たどり着いていない答え（A）がある。

「押します！『ストップ』を使って！」

僕は声に出して叫んだ。今はとにかく時間が必要だ。考えるための時間が。『ストップ』を使って、シンキングタイムを確保するしかない。その時間内であれば、オラクルにも情報を与えなくてすむ。

ピコーン！

『カウンター』の権利を使って、僕はボタンを押し、須藤が『ストップ』を発動する。

周囲の時間が、止まった。

「『ストップ』が止めていられる時間は、五分程度しかありません」

須藤が不安げな口調で言う。僕らは参加者側として、全員がこの止まった時間の中で動けるようだ。

「みんな、ごめんなさい。僕が『異能力』の使い方を間違えたから」

「まずは落ち着いて」

反射的に謝ろうとする僕を、サクラが遮る。

「時間が惜しい。反省は後です」

冷静な声が、僕の頭に上った血を冷ましていく。こういう時、修羅場に慣れた大人の言葉は、本当に頼りになる。

「次の手はあるんですか」

「……これから考えます。そのために、まだ皆さんの力が必要です」

僕は再び参加者たちに向き直り、Qの残した謎について伝えた。

「つまり、Qがこの問題を選んだ理由がわかれば、ここから正解できる方法もわかるってことか？」

禅寺がまとめ、僕は頷く。

「だから、Qが残した手がかりを見つけないといけない。何か心当たりはありませんか？」

参加者たちは顔を見合わせる。真剣に考えこんで思い出そうとしている人もいるようだが、すぐには思い至らないようだ。

「なぁ、A」

残り時間が減っていく中、ミラが意を決した様子で、僕に声をかけてきた。

「あたしが『テレパス』で、全員の頭ン中をAにつなげたら、お前の『リメンバー』で、全員分の過去のループの記憶を見られたりするのか？」

「そ、そんなこと……」

無理に決まってる、と言いかけて、この最終問題の間、僕らの思考をミラが『テレパス』で中継してくれていた感覚を思い出す。

「Aならたぶん、できるんじゃないかと思うんだ。Aとだけやりとりしてた時はLINEでやりとりしてる感じだったけど、今は全員でクラウドにアクセスしてるみてーな感じなんだ。『リメンバー』の使い方次第で、いけるんじゃねえか？」

「でも、そんなことしたら、ミラに負担が」

「できるんだったら、やる。そうだろ？」

　ミラがいつも通りの顔で不敵に笑った。

「それに、Qのことをこの場で一番わかってるのはAだ。手がかりを探すなら、これしかないだろ」

　僕は、ちらりと他の参加者たちを見た。全員の頭の中を暴くようなものだから、簡単にやっていいとは思えない。意見を募ろうとした時、すでに皆の表情は、決意が固まっているようだった。

　自分の考えていたことが、今までみたいに言葉で『テレパス』を送らなくても、他の参加者に伝わっているのがわかる。思考そのものが共有されているのだろう。

「あたしは、クイズもできないし、難しい『異能力』のこともわかんねーから。こうやって、他の人に何か伝えるしかできないんだ」

　ミラは照れくさそうに笑う。

　僕は思い出す。確か、いつかマイカが、デスゲームにはみんなで協力すればできる必勝法があるものだ、と言っていた。それは漫画やアニメの話だろうが、案外本質なのかもしれない。いがみ合っていては、どんな問題も攻略できるはずがない。全員で協力すること。それがデスゲームの必勝法で、もしかしたら、オラクルの求める『答えに向かう力』なのかもしれない。

「じゃあ……いきます。ミラ、できるだけ早く見つけるから、その間頑張って、全員を『テレパス』でつなぎ続けて」

「オッケー。任せて」

ミラがつきだした拳(こぶし)に、僕も拳をあわせる。深呼吸して、僕はつながった思考のすべてを、『思い出す』。


瞬間、大量の情報が流れ込んできた。

僕の意識は広大な空間に放り出される。Qにループを託された時に見た、あの場所と似ていた。真っ暗な闇の中に、光の筋のように渦巻いて見えるのは、映像。全員の、全部のループの記憶。プラネタリウムの中にいるような景色だ。

目を凝らせば、それぞれの内容をなんとか見ることができる。膨大な映像の中から、僕はQに関する記憶を探し出す。手をのばせば記憶の筋がつかめ、それを手繰って目当ての箇所を探すことができた。

あらゆるループの記憶に、Qの姿が色濃く残っていた。当然だ、彼はこのデスゲームを攻略するために、何度も何度も、死に続け、挑み続けていたからだ。

ミラが苦しそうにしているのがわかる。僕は探す。Qが僕たちに問いかけていたものを。答えられると信じて出題したクイズの、答えを。

もう一本一本見ている時間はない。手を伸ばす。伸ばし続ける。摑み続ける。流れ続ける記憶の奔流、その中から、答えを摑み取るために。

「うおおおおっ!!」

そして、摑んだ最後の手がかりは。やはり、Qが最後に僕に言い残した言葉だった。

『Aくん。そっちは頼んだよ。こんなクイズ、ぶっ壊してくれ』

わかった。この問いの答えが。これで、オラクルに勝てる。

僕のたどり着いた作戦は、思考の速度で全員に共有され、そして――。


ブブーッ。


『ストップ』が終わり、僕たちは解答なしとして不正解になる。同時に、ミラが崩れ落ち、『テレパス』が解けた。

「っがあっ!!」

僕は鼻血を出しているミラの肩を抱こうとするが、ミラはそれを手で制して、自分で立ち上がる。僕はそれでも、彼女の手をとって支えた。

オラクルの腕が伸び、解答ボタンを押す。死刑の執行ボタンを押すように。

ピコーン！

【『ストップ』で作り出した時間で何をしていたのか知りませんが……無解答ということは、私が間違える方に賭けたということですか】

オラクルの声は相変わらず平坦だったが、どこか嘲笑がこもっているように感じられた。

【それは間違いです、芦田エイ。私が間違えることはありません。Qは前フリの時点で、『高い』の部分を強調していました。この箇所が対比になるのは明らかです】

「そ、そんなのわかりませんでしたよ!?」

マイカが目を丸くした。

オラクルの言っていることは正しい。「ですが」問題は、後半で対比される箇所を前半で強調して読む、という、クイズのお約束のようなものがある。しかし、この問題では、Qはわざとそれに反するように、強調なしで問題文を読み上げていた。少なくとも、僕たちにはそう聞こえていた。

【皆さんにはわからないでしょう。しかし、『異能力』にはそれを可能にするものがあります】

オラクルの言葉とともに、突然僕たちの目の前に、Qがもう一人現れる。

（あ、あれは『ダブルキャスト』！）

二荒山リリの『ダブルキャスト』は、身代わりを作り出す『異能力』。急に出現したのは、『ゾーン』の応用だろう。身代わりのQは虚ろに佇んでいる。

（でも、それが何だって言うんだ？）

（Q本人でも無自覚なものを、どうやって……）

「……『ディテクティブ』、か」

悔しそうにこぼしたのは、警察官の一人、乾イヴァン。

【肯定します。『ディテクティブ』で情報を聞き出された時、隠すことはできません。たとえそれが無自覚なものであっても、真実を喋る。天上キュウは、アクセントをあえて付けないように読む際、代わりに当該箇所で体が0.5度右に傾くようです】

Qはオラクルの言葉に、わざとらしく肩をすくめた。

「でも、そんな情報いつ聞き出して……」

【『ストップ』です。私も同時に時を止めました。時間を止めて情報をかき集めたのは、皆さんだけではありません。もちろん、全ては『ゾーン』で秘匿した上で行っていたので、皆さんが気づくことは不可能だったでしょう】

『ダブルキャスト』『ゾーン』『ディテクティブ』に『ストップ』。全てを完璧なタイミングで使い、必要な情報を引き出す。やはり、オラクルは『異能力』の使い方で、僕たちよりずっと上だ。

「これが、『異能力』の使い方ですか」

サクラの言葉には、驚きと悔しさが滲んでいた。

【肯定します。故に、皆さんに再び解答権が回ってくることはありません。答えは唯一つ。それが我々オラクルが、この『テスト』にクイズを用いた理由です……では、終わらせましょう】

【問題の続きは「富士山ですが、一番低い山は?」。正解は……日和山です】

答えが告げられ、一瞬の静寂の後――。

ブブーッ。不正解の音。

【……何?】

オラクルの声に、さすがに驚きの色があった。不正解をするはずがないのだ。

「クイズは答えが一つに決まっている。だから、お前たちは『テスト』にわざわざクイズを選んだ」

僕は、ゆっくりとオラクルを見上げ、続ける。相手には、もはや解答権はない。このクイズは、不正解をした場合、相手に解答権がうつる。作戦を思いついた瞬間、『ストップ』の間に郡司が『ジャッジ』で確認した。

「それがお前たちオラクルの盲点だ。『アンサー』で日常的に答えを得て、信じてきたお前たちの」

僕が手を掲げると、禅寺がかけていた『ゾーン』がなくなり、手に持っていたスマートフォンがあらわになる。

【その端末がどうしたというのですか？　皆さんが押した時点で、皆さん側の視点では答えはわかっていなかったはずです。盲点とは、なんだと言うのですか？】

「二つある」

僕はボタンに指をかけ、オラクルに突きつける。Qがいつもしていたように。

「クイズは、人が人に解いてほしくて出すものだってこと。そして……答えは一つとは限らない、ということだ」

ピコーン！

ボタンが点灯する。僕は答える。

「クイズもデスゲームも終わりだ。この問題の答えは……天保山（てんぽうざん）」

【何を言っているのですか？　その名前は……】

ピンポーン！

オラクルが言い終わるより前に、正解の音が響いた。

【なっ……何が!?　何が起こっている!?　それは『二番目に低い山』の名前ではないのか!?】

動揺を隠せないオラクル。

「いいや、間違いなく正解だ。キミんところの正誤判断は、本当に正確だね」

Qが手をたたく。すでに出題者の責務から解放され、僕らのところにいつも通りの大股（おおまた）で歩いてくる。

【あ、芦田エイ！　その端末で何をした？】

「日和山の標高を高くした。天保山の標高を超えるように。順位が逆転したんだよ。今、一番低い山は天保山だ」

僕の持つ端末——桔梗ユカリが持ち込んだ、外部の警察と連絡がとれるスマートフォンには、「日和山」と書かれた碑のある小高い丘に、堆（うずたか）く積まれた土砂が映っている。周りには、疲労困憊（こんぱい）で倒れている警察官たちも。彼らが、大量の土砂を周囲からかき集め、1.6mほど日和山の標高をかさ増ししたのだ。『ストップ』で時間が止まっている間も、外の世界の時間は動いているためなんとか間に合ったが、ギリギリだった。

【な、何ィィッ!?】

オラクルの表面に浮かび上がる表情がグリッチする。

【こ、答えを、変えた……!? そ、その端末で外部と連絡を取って……!? しかし、そんなところに都合よく協力者がいるはずがッ】

「いたんだよ、それがね。そこの警察の人に聞いたら、日本の各地にボクらを救助する用の人員が配置されているって言ってたからね。そのうちの一つが、仙台・日和山……日本で一番低い山の近くっていうのを覚えてたんだ」

Qは嬉しそうに続けた。

「たぶん、ボクはループするたびに毎回、彼女たちにそのことを聞いてたんだろう? Aくん」

「ああ。今回も、警察の人がわかるとすぐに聞いていたね」

僕が見た全ループの記憶の中で、Qが必ずしていた行動はいくつかあった。そのうちの一つが、サクラたち警察の救助計画の詳細を聞く、ということだ。今回のQはループの記憶を持っていないが、参加者たちの暴動が起こった時の統制された動きを見て、何かを感づいたらしく、乾に脱出後のことについて聞いていた。

配置地点の一つに日和山付近があるとわかった瞬間、Qがこの問題を選んだ理由と、『クイズを壊してくれ』という不可解な言葉の意味がわかった。クイズの答えを変えてしまう無法な行為。それができる可能性を、僕らに示していたのだ。

「実際、絶対にできると確信していたわけじゃあない。でも、Aくん。キミなら、少なくともなんで僕がこの問題を選んだか、そこまでたどり着いてくれると思った。そこから普通に解答して正解してくれてもよかったし」

【そうだ、聞かれている内容がわかった時点で正答すればよかったはずだ！　なぜ、わざわざこんなマネを……】

オラクルが動揺する。すでに最後のゲームが決着したためか、空間が崩壊し始めている。真っ白だった天井や床にヒビが入り、冷たい海水が侵入し始めた。警察の面々が、脱出に向けて誘導を始めている。

「決まってるだろ」

「ああ、決まってる」

Qがこの問題を選んだ理由。解答を変えることでクイズを破壊することを選んだ理由。それは、オラクルの『アンサー』への盲信を利用して、確実に裏をかくためだが、それ以上に強い理由があった。

「僕たちの命を弄び」

「ボクの大好きなクイズをこんなことに使った」

「仕返しだ」

ばきり、と大きな音がして、更に広がった亀裂から海水が滝のように落ちる。オラクルは頭部に浮かんだ表情を歪ませ、電子音とも悲鳴ともつかない音をあげた。

【ば、バカなっ、答えは、『アンサー』は、ただ一つのはずなのにっ……!】

オラクルの体は、電源が落ちた機械のように、水の中に沈んでいく。床も崩壊し、底からも浸水してきていた。

【何故だ! 何故、何故っ……!】

「うん、それはいい問題だね」

Qはいつもの飄々とした口調だ。

「……『アンサー』に聞いてみたらどう?」

僕は床の亀裂に落ちそうなオラクルの体に、足をかけて、

「きっと、わからないだろうけど」

こつん、と亀裂から蹴り出す。オラクルは、水面からの光をしばらく反射していたが、やがて青い海の底に見えなくなった。

それを見届けてようやく僕は実感する。

勝ったのだ。今度こそ、僕たちはデスゲームに勝った。唯一の『アンサー』を捻じ曲げられ、『異能力』を持たない人間に負けたことは、オラクルにとって異常な敗北だったに違いない。これで、この『テスト』が終わってくれれば、もうデスゲームの被害を受ける人も生まれないはずだ。

緊張の糸が切れ、僕は押し寄せる水の中に倒れ込んだ。

遠くの光の中に、救助に来た誰かの人影を見ながら、僕は意識を失った。

6 エピローグ

白い光の中にいた。

照明を浴び、カメラの前に立つQを見て、僕はぼんやり、「本当にクイズ王だったんだな」と思ったりした。

「なあ、A、あたしあの人のサインもらいにいっていいかな？」

隣でミラが明らかにそわそわしていたので、僕はうなずいた。ミラはすぐに観覧席を飛び出して、ゲストに来ていたミュージシャンに突撃していった。ミュージシャンはちょっと迷惑そうな顔をしていたが、ミラのああいうところが、僕は気に入っていたりする。

「お待たせ。楽しんでくれてる？」

大学の卒業式のような、わざとらしいローブをまとったQが僕に話しかけてくる。

僕たちは、彼に招待されてテレビ局の見学に来ていた。

あのデスゲームから生還したあと、しばらく警察やら何やらの捜査につきあって（大門サクラや他の警察関係者たちが、いいように処理してくれた）ようやく落ち着いたころに、SNSでQを探してなんとなくフォローしたところ、連絡があったのだ。

「ああ、面白かったよ」

「それはよかった。あっちで少し話せるかな？　ボクは、キミに聞きたいことがある」

ここでも、Qは相変わらずの口調だった。

テレビ局のカフェテリアで、Qはコーヒーに大量の砂糖を入れて混ぜながら、

「【元素記号Sで表されるガンダムってなーんだ？】」

そう言った。

「……は？」

「だから、【元素記号Sで表されるガンダムってなーんだ？】だよ。クイズだよクイズ」

それなりの数の人がカフェテリアを利用していて、新番組の宣伝まで遠くから流れてくるので、かなりざわついている。

「元素記号？　ガンダム？　僕、アニメとか見ないんだけど……」

「いや、ナゾナゾみたいなものだから。もっと柔軟に考えてよ」

やっぱり天才の考えることはよくわかないな、と思いながら、僕はカフェオレに口をつけ……なんとなく頭をよぎった答えをつぶやいた。

「硫黄原子ガンダム？」

「ピンポーン！」

Qはうれしそうに手をたたく。

「なんじゃそりゃ。あるの？　硫黄原子ガンダム」

「え？　ないよ？」

「ないのかよ！」

クソ問題だ。

「でも、解けたでしょ？」

「それは、そうだけど……」

Qが言うには、これは『機動戦士ガンダムクイズ』という胡乱なクイズで、どこかのSF作家が冗談で出したものらしい。

「キミも出してよ、ガンダムクイズ」

「……【電車代やタクシー代のガンダムってなーんだ？】」

「移動経費ガンダム！」

「正解」

クソ問題だ。Qは「上手(うま)い上手い」とけらけら笑った。

「クイズ王Qは、こんなアホみたいなクイズを出すために僕をお台場(だいば)まで呼んだわけ？」

「ああ、ごめんごめん。でも、あるいはそうかもしれない」

Qは笑いすぎて滲(にじ)んだ涙をふいてから、少しだけ真剣な顔になった。

「あのデスゲーム、ボクの『異能力』は『ループ』だった。でも、ボクにはループした記憶がない。これは推測だけど、ボクは最後、キミのことをループさせたんじゃないのかな？」

「……そうだよ」

「教えてくれないかな、ボクとキミがどんなことを話したのか」

彼にそう聞かれれば、僕に答えない理由はない。あの最後の推理ができたのは、Qのおかげでもあるからだ。

僕はひととおりのことを話し、終わる頃にはカフェオレが冷めていた。

「なるほどね。いかにもボクがやりそうなことだ」

Qはコーヒーの底にたまった砂糖を流し込んだ。

「キミがクイズのことを深く理解してくれてうれしいよ」

「……ああ。そのおかげで、最後の謎が解けたようなものだから」

僕は思い出す。Qと本気で戦った早押しクイズ。あの緊張と興奮を。

「やっぱり早押しクイズでデスゲームなんて、もとから合ってないんだよね。キミも、それでオラクルが二人いるのに気づいたんだろう？」


そうだ。それが、僕が最後の謎を解けた理由の一つだ。僕は答え合わせをするように、目の前のクイズ王に話し始める。

「クイズは、出題者と解答者に信頼関係がないと成り立たない。出題者は、『これなら解けるだろう』と思って、解答者が解けるように問題を作る。解答者は、『解ける問題だろう』と思って、出題者の意図を読み解く。それがわかったから、僕は最後のゲームで、Qの出した問題の意図に気がつくことができたんだ」

Qは深く頷(うなず)いた。

「そうだね。特に早押しクイズは、様々なお約束のもとに成り立っている。パラレル問題……いわゆる『ですが』問題なんて、その最たるものだね。あんなの、お約束がなかったらなんでもありだ。最後まで聞かないと解けたもんじゃない。まあ、だから

『機動戦士ガンダムクイズ』も、立派なクイズってことだよ。ボクはキミが解けると思って出した。キミは解ける問題と思って解いた。嬉しい！　それがクイズなんだから」

「……嬉しい、か。それがもしかしたら、オラクルの言っていた『答えに向かう力』なのかもしれないね」

オラクルの探していた『答えに向かう力』。『テスト』ではそれを人間同士の協調性から生まれるものだとして、僕らを疑心暗鬼にさせるようなデスゲームに仕立てていたようだ。

でも、実際はもっと単純で、根源的なものなのかもしれない。問いかけられて、答えられたら、嬉しい。心が通じると嬉しい。そんな単純な感情が、問題の山積する世界で、人類を導いてきたのかもしれない。

「それは、ありえる話だね。うん、それは素敵な話だ」

Qは微笑んだ。いつもの飄々とした笑顔ではなく、何か慈しむような、穏やかな微笑みだった。

「おーい、そろそろ再開するって、スタッフの人が」

サインをたくさんもらったミラが、にこにこしながら駆け寄ってきた。Qは時計を見て、あわててスタジオに戻る準備を始める。

「じゃ、よかったら最後まで見ていってよ」

そう言い残して、Qは急ぎ足でエレベーターに向かっていった。

「ね、見てみて。こんなにもらっちゃった、サイン……何話してたんだ？」

「いや……ただ、クイズは面白いねって話」

「ふうん。じゃ、今度ゲーセンにやりに行こうぜ。クイズゲームあっただろ」

僕とミラは他愛もない話をしながら、Qを追うように歩き出す。

僕は少しだけ迷ってから、ミラに言った。

「ねえ、『機動戦士ガンダムクイズ』って、知ってる？」

本書はＷＥＢ小説サイト「カクヨム」に発表された「ＱｅＮＤＡ」を加筆修正したものです。

目次デザイン／青柳奈美

Q eND A（キューエンド エー）

獅子吼（ししく）れお

角川ホラー文庫　24252

令和6年7月25日　初版発行

発行者——山下直久
発　行——株式会社KADOKAWA
〒102-8177　東京都千代田区富士見2-13-3
電話 0570-002-301（ナビダイヤル）
印刷所——株式会社暁印刷
製本所——本間製本株式会社
装幀者——田島照久

●お問い合わせ
https://www.kadokawa.co.jp/ （「お問い合わせ」へお進みください）
※内容によっては、お答えできない場合があります。
※サポートは日本国内のみとさせていただきます。
※Japanese text only

ISBN978-4-04-114940-9　C0193

◇◇◇

角川文庫発刊に際して

角川源義

第二次世界大戦の敗北は、軍事力の敗北であった以上に、私たちの若い文化力の敗退であった。私たちの文化が戦争に対して如何に無力であり、単なるあだ花に過ぎなかったかを、私たちは身を以て体験し痛感した。西洋近代文化の摂取にとって、明治以後八十年の歳月は決して短かすぎたとは言えない。にもかかわらず、近代文化の伝統を確立し、自由な批判と柔軟な良識に富む文化層として自らを形成することに私たちは失敗して来た。そしてこれは、各層への文化の普及滲透を任務とする出版人の責任でもあった。

一九四五年以来、私たちは再び振出しに戻り、第一歩から踏み出すことを余儀なくされた。これは大きな不幸ではあるが、反面、これまでの混沌・未熟・歪曲の中にあった我が国の文化に秩序と確たる基礎を齎らすためには絶好の機会でもある。角川書店は、このような祖国の文化的危機にあたり、微力をも顧みず再建の礎石たるべき抱負と決意とをもって出発したが、ここに創立以来の念願を果すべく角川文庫を発刊する。これまで刊行されたあらゆる全集叢書文庫類の長所と短所とを検討し、古今東西の不朽の典籍を、良心的編集のもとに、廉価に、そして書架にふさわしい美本として、多くのひとびとに提供しようとする。しかし私たちは徒らに百科全書的な知識のジレッタントを作ることを目的とせず、あくまで祖国の文化に秩序と再建への道を示し、この文庫を角川書店の栄ある事業として、今後永久に継続発展せしめ、学芸と教養との殿堂として大成せんことを期したい。多くの読書子の愛情ある忠言と支持とによって、この希望と抱負とを完遂せしめられんことを願う。

一九四九年五月三日